흘러간
이야기

초판 1쇄 발행 2015년 12월 12일

지 은 이 정창덕
발 행 인 권선복
편   집 김정웅
디 자 인 이세영
마 케 팅 정희철
전 자 책 신미경
발 행 처 도서출판 행복에너지
출판등록 제315-2011-000035호
주   소 (157-010) 서울특별시 강서구 화곡로 232
전   화 0505-613-6133
팩   스 0303-0799-1560
홈페이지 www.happybook.or.kr
이 메 일 ksbdata@daum.net

값 15,000원
ISBN 979-11-5602-298-5   03810

정창덕 지음

도서
출판 **행복에너지**

나에게 가장
소중한 분들

오늘도 이 제목을 써 놓고 이름을 적어 본다. 아내 김혜린, 친구 이기열… 수많은 사람들의 얼굴이 순식간에 파노라마처럼 떠올라서, 헤아릴 수 없이 많은 이름을 적어야만 했다. 병간호로, 경제문제로, 헌혈로, 혈소판으로 도움을 준 그 많은 분들! 그분들이 있었기에 오늘 내가 살아 있을 수 있었다.

내가 사는 삶이냐, 남을 살리는 삶이냐, 우리는 매 순간 이 두 가지 선택의 기로에서 갈등할 것이다.

오래전 나는 남들을 살리는 삶보다는 내가 사는 삶에 너무 치우친 나머지 죽음의 턱밑에까지 이르러 있었다. 그러나 나는 죽음 직전의 절망에서 새로운 눈을 뜨기 시작했다. 진정한 사랑의 눈을.

아스팔트에 처량하게 피어 있는 꽃이 많은 사람에게 용기와 희망이 되어주듯, 그 절망의 아스팔트 같던 내 삶일망정 타인에게 희망과 용기로서 베풀어질 수 있다는 것을 깨달았다. 그때 만난 사람들이 노숙자, 장애인, 무의탁 노인들이었다. 그 덕분에 잃으면서 얻는 인생을 맛보았다.

안 된다, 어렵다, 다시는 이런 말 하지 말자고 스스로 맹세했다. 길가의 풀 한 포기, 돌멩이 하나도 쓸모가 있다는데, 내게도 내가 아니면 안 될 그 어떤 일이 있으리라 마음먹으며 남몰래 눈물을 훔쳤다. 소유의 삶이 존재의 삶으로 바뀌는 순간이었다. 날아가는 새가 뒤를 돌아보지 아니하듯 이제 앞을 보기로 한 것이다.

수년 전 병실 13층에서 길거리를 내려다보며 '살아 돌아가 길거리 포장마차라도 할 수 있는 건강만 주어진다면…' 하고 기도하던 그때를 생각하면, 글을 쓰는 이 시간 나는 무척 행복하다. 살아 있다는 사실 하나만으로도.

오늘이 있기까지 한시도 내 곁을 떠나지 않았던 아내, 그리고 병실에 있을 때와 중간에 퇴원했을 때 행여 자기 수두가 옮을까 봐 나를 피해 다녔던 속 깊은 큰아들 의진이, 편지를 써주며 눈물 흘린 효진이, 너 죽으면 나 눈 못 감는다던 어머님, 큰 도움을 주신 형님과 누나, 동생들… 한없이 고마울 따름이다.

더욱이 혈소판까지 자원해주신 KAIST 한인구 지도교수님을 비롯한 KAIST 교수님들과 학생들, 서일대 제자들, 전 직장인 한전 동료

분들, 김의경 목사님과 박민순 전도사님, 기도해주신 집 근처 수녀님, 여의도 순복음교회 조용기 목사님, 영락교회 장로님들, 김충기 목사님, 박요한 목사님, 말씀으로 용기를 주신 극동방송과 기독교방송 관계자분들, 김삼한·이동헌·이준원·정서영 목사님, 부용사의 주지스님, 가톨릭대학 교수님들, 여의도 성모병원 간호사님들, 병원 기둥을 붙잡고 울며 기도해주신 청와대 주대준 님… 이분들 역시 한없이 고마운 분들이다.

더불어 끝까지 도움을 주신 백제약국의 김선규 선생님, 유장수 선생님, 고려대 조무성 교수, 미국에 있을 때부터 도움을 주신 에드워드·원종수 박사, 원종옥 선생님, 일본에서 일부러 병원까지 찾아주신 일본의 사토 씨와 그 가족들, 항상 관심을 가져주신 서울대 황의용 교수님, 양해술 교수님, 대학 동료 교수님들, 전인석 아나운서, 윤은기 박사님에게도 감사를 드리고 싶다.

나눔은 배려고 희망은 설렘이다.

우리 모두 각자의 자리에서 나누고 배려하면서 설렘으로 다가오는 하루하루를 살아가게 되기를 소망한다.

2015년 늦가을에…

정창덕

추천사

　책이란 우리 사회가 궁극적으로 추구하고자 하는 목표가 무엇인지를 제대로 인식하고 그 목표를 달성하기 위해서 무엇이 중요하고 시급한 것인지 알려주는 것 같습니다. 변화는 항상 일어나고 있고, 사라져버린 치즈에 대한 미련을 빨리 버릴수록 새 치즈를 보다 빨리 발견할 수 있듯이 변화에 적응하지 못한 종(種)이 사라지듯 우리가 이를 극복하지 못하면 도태되고 말 것입니다. 변화와 책의 정보를 통해 새로운 기회를 창출하고 성장할 수 있어야 합니다. 또한 많은 정보를 통해 새로운 일을 시작하고 만들어야 할 것입니다. 이러한 점에서 이 책은 사회 각 분야에서 리더들에게 많은 희망을 줄 것입니다.

안병만(전 교육부 장관)

　미래는 지능화, 스피드 융합의 시대입니다. 미래는 삶의 여정을 통해 생활 속의 감성노동이 핵심이 되는 생활교육 시대가 도래하고 있습니다 그렇기에 사회적으로 중요한 시점입니다. 모든 분들의 역할 속에 갈등을 없애고 사회 각 분야에서 리더 되신 분들의 자발적인 영향력을 통하여 조직 내에서 조직에 속한 조직원들에게 실질적인 영향력을 발휘할 수 있는 리더가 나와야 합니다. 우리 모두가 최고의 지위에 오르는 리더가 될 수는 없습니다. 그러나 리더를 만드는 것은 평상시 책과 여러 정보를 통해 훈련을 하는 것입니다. 자신만의 사명을 만들 때 최고가 될 수 있습니다. 이러한 협력자 정신의 기반은 올바른 삶의 실천 속에 스스로 만들어가기에 달려있습니다. 이 책은 바로 그 삶을 통해 방향을 제시하리라 봅니다. 각 분야에서 이 책을 통해 비전의 리더들이 많이 나오기를 기도하며 이 책이 그 도움을 드릴 것입니다.

노재경(예장합동총회교육진흥원장)

　타인의 위한 배려와 나눔이 얼마나 소중한 것인지를 책 『희망이 이긴다』를 통해 가슴 깊이 깨닫습니다. 극심한 경쟁과 이기주의가 만연한 세태 속에서도, 젊은이들이 나눔과 봉사의 기쁨을 잊지 않고 꼭 우리 사회가 필요로 하는 성인으로 거듭나기를 기원하며, 이 책의 일독을 권합니다.

조성목(금융감독원 선임국장)

Contents

Chapter 1

플라타너스의
꿈

남은 시간은
3개월

병실 밖의 풍경은 아름다웠다. 가을 하늘은 맑았고 나뭇잎 색깔은 눈부셨다. 가슴이 뛰었다. 두근두근 아니 쿵쾅쿵쾅, 마치 터질 것만 같았다. 병실 문의 열린 틈 사이로 아내 얼굴이 보였다. 창백해진 얼굴 위로 흐르는 눈물. 복도에 서 있는 아내와 의사의 모습이 마치 TV 연속극의 한 장면인 듯한 착각이 들었다.

창문 밖으로 시선을 돌렸다. 무심한 가을하늘에 말 없는 나무들. 창밖으로 보이는 그림 같은 경치가 갑자기 잔인하게 다가왔다. 30분쯤 지났을까? 아니, 시간은 모르겠다.

"여보."

나를 부르는 아내의 목소리가 가늘게 떨리고 있었다. 가슴 한쪽이 무너져 내리는 것을 느끼며 아내를 향해 눈길을 돌렸다.

"큰 병은 아닐 거래요, 다행히…. 당신이 일을 너무 열심히 해서 그런가 봐. 좀 휴식을 취하면서 쉬면 좋아질 거래."

내 눈길을 슬쩍 피하는 아내. 나 역시 그런 아내를 계속 바라볼 수가 없었다. 나와 아내는 자신도 모르게 무슨 말이 튀어나올까 봐 겁내는 사람들처럼, 약속이나 한 듯 입을 다물었다. 창밖은 어느새 어두워지고 있었다.

1996년 가을 저녁. 내 나이 서른일곱.

서일대학의 전산학과에서 학생들을 가르치면서 동시에 한국과학기술원KAIST 박사 과정의 마지막 학기를 밟고 있었다. 한 달 전에는 한국창조성개발학회 창립총회를 무역센터에서 개최했었다. 1분 1초가 아쉬웠던 때였다. 병원에 입원하기 일주일 전 나는 연구차 일본에 가 있었다. 일본인 친구 집에 기거했는데, 하루는 그 친구가 나를 보고 걱정스럽게 말을 건넸다.

"자네, 혹시 암 아닌가? 얼굴색이 너무 안 좋네."

나 역시 건강상태가 좋지 않다는 것을 느끼고 있었다. 1년 전부터 강의시간에 어깨가 심하게 아파오고 코피도 자주 흘렸다. 가끔은 편도선염이나 고열 때문에 약국과 병원 문을 두드리기도 했다. 8월 여름부터 시작된 감기는 10월 가을까지도 계속되어서, 내 호주머니에는 약봉지가 끊이질 않았다. 게다가 일본에 오기 보름 전쯤 치과에서 사랑니를 뽑았는데, 지혈이 잘 되지 않아 무척 고생했었다. 지혈제까지 복용하고 나서야 겨우 일본에 올 수 있었다.

그 당시 키 179센티미터, 몸무게 80킬로그램. 외관상 건강한 모습이었기에 주변에서나 내 자신이나 단순한 감기이겠거니, 누적된 피로 탓이겠거니 하고 그다지 신경 쓰지 않았다. 그런데 일본에 며칠 머무는 동안 다른 증세들이 하나둘씩 나타났다.

10미터 정도만 걸어도 숨이 차올랐다. 도저히 걸을 수가 없어 몇 번씩 길가에 주저앉아야만 했다. 귓속에서는 '윙' 하는 소리가 끊이질 않고 들렸다. 팔과 다리에는 동전 크기만한 보라색 반점이 선명하게 도드라졌다. 불안했다.

일본에서의 일정을 서둘러 마치고 귀국했다. 그리고 다음 날 바로 경희대 병원을 찾았다. 아나나 다를까, 내 몸 상태를 간단히 살펴본 의사가 무거운 목소리로 입을 열었다.

"증세가 심각한데요. 며칠 입원해서 자세한 검사를 해봅시다."

혈액검사를 비롯해서 여러 가지 검사를 동시에 받았다. 병원 측에선 골수검사까지 요구했다. 불길한 예감이 들었다. '뭔가 큰 병에 걸린 것이 틀림없구나.' 하는 생각에 가슴이 덜컥 내려앉았다. 그로부터 나흘, 그 초조하고 불안한 시간들… 시계 초침의 똑딱거리는 소리조차도 견딜 수 없었다.

그리고 마침내 안절부절못하며 기다리던 검사결과가 나온 것이다. 하지만 아내는 차마 입을 떼지 못하고 있었다. 별일 아닌 척 애쓰는 아내의 표정과 행동이 오히려 병의 심각함을 말해 주고 있었다.

잠시 후 창용이가 병실로 들어왔다. 내가 입원했다는 소식을 듣자마자 한걸음에 달려와준 동생이었다. 창용이도 얼굴이 어둡기는 마찬가지였다. 굳은 얼굴로 힘들게 앉아 있던 아내가 잠시 자리를 비운 사이, 창용이를 불렀다.

"창용아, 정확한 병명이 뭐라니? 네 형수는 차마 말을 못 하는구나. 누구보다 동생인 네가 이야기해 주면 좋겠다. 날 위로하려고 거짓말은 하지 말고. 내 병은 내가 알아야 이겨 나갈 것 아니니…."

"형, 크게 걱정하지 마세요. 병원에서도 아직은 정확한 결과가 나오지 않았답니다. 백혈구 수치가 약간 높게 나왔는데 치료를 열심히 하면 좋아질 거래요."

처음에는 동생 역시 솔직하게 이야기를 못했다. 그러나 내 성격을 아는 동생인지라, 침묵하는 나에게 눈물을 보이며 어렵게 이야기를 꺼냈다.

"형, 마음 굳게 먹어요. 백혈병이랍니다. 앞으로 아주 힘들고 고통스럽겠지만 형처럼 의지가 굳은 사람은 틀림없이 건강해질 수 있다고 해요."

머릿속이 하얘졌다. 백혈병이라는 말을 듣는 순간, 한 발이 죽음속으로 쑥 끌려 들어가는 듯한 느낌이었다. 마치 100미터를 전속력으로 질주한 뒤 운동장에 누워버린 듯 숨이 차고 가슴이 답답해졌다.

다음 날 의사가 병실로 찾아왔다.

"선생님, 제가 백혈병 맞습니까? 정확한 병명을 말씀해 주십시오."

의사는 잠시 머뭇거리면서 아내와 동생을 바라보고는 입을 열었다.

"정확히 말하자면 급성골수성백혈병, 즉 혈액암입니다."

"⋯."

몇 초 동안 침묵이 흘렀다.

"백혈병은 불치병으로 알려져 있지만 치료가 가능한 병입니다. 치료방법과 약도 다양하게 개발되었고요. 항암치료와 골수이식을 통해 완치될 수도 있어요."

항암치료라니⋯ 자세히는 몰라도 그 고통스런 과정을 어렴풋이 들은 적이 있던 나로서는 항암치료라는 말에 절망감을 느껴야 했다. 간신히 정신을 가다듬고 중요한 몇 가지를 더 물었다.

"만약 치료가 제대로 이뤄지지 않는다면 얼마나 살 수 있나요? 또 완치율은 얼마나 되나요?"

"적절한 치료가 이뤄지지 않을 경우 환자분의 생명은 길어야 3개월입니다. 완치율은 정확히 말씀드릴 수 없고요. 상황을 봐가며 말씀드리기로 하죠. 그럼 이만⋯."

담당의사가 문을 열고 가자 병실 안은 더 조용해졌다. 숨소리 하나 들리지 않았다. 시간이 그대로 멈춰선 듯 적막만이 흘렀다. 그리고 그 적막함은 두려움으로 변해 내 온몸을 휘감았다. 나도 모르게 눈물이 흘러내렸다.

'길어야 3개월이라니⋯.'

그 시간 동안 나는 무엇을 할 수 있을까? 가엾은 아내, 사랑하는 아이들, 내가 이뤄가던 일들⋯. 그 어떤 것도 덧댈 수 없는 시간이 제 힘에 눌려 뚝뚝 떨어져 내리는 느낌이었다.

그때까지 가까스로 참고 있던 아내가 내 손을 잡고 어깨에 얼굴을 묻으며 흐느껴 울기 시작했다. 여기저기서 전화가 끊이질 않았다. 여동생, 형님, 처가 식구들, 친구들…. 대부분이 혹시 오진일 수도 있으니 다른 병원에 가서 다시 진단을 받자는 권유의 소리였다. 눈물과 한숨이 뒤섞인 채 병실의 시간은 그렇게 지나가고 있었다.

"야야, 야들이 하는 소리를 못 알어듣것다. 니가 죽을 병에 걸렸다고 허는디 무신 소리냐. 그라믄 나도 따라 죽을란다. 어쩔꺼나 내는 살 수가 없다니께. 내는 살 수가 없어. 니가 지금까정 월매나 생고상을 혔는디. 세상에 이런 법은 없다. 이러믄 안 돼야. 나를 두고는 못 간다고…."

병원을 알려드리지 않아 미처 병실을 찾지 못하신 어머니는 전화통을 붙잡고 내게 매달리듯 "같이 죽겠다"는 이야기만 되풀이하셨다.

학생 때부터 나를 정성으로 도와주신 김선규 선생님께서도 전화를 하셨다. 약국을 운영하고 계신 분으로 학비가 없던 고교 시절부터 나에게 은혜를 베풀어주신 분이었다. 진단결과를 듣고는 일단 병원을 옮기라고 말씀하셨다. 그분은 여의도 성모병원을 추천해 주셨다. 나는 머릿속으로 계속 '오진'을 상상했다. 하지만 내 몸은 마음과 달리 고열과 구토를 심하게 반복하고 있었다.

결국 나는 다음 날 앰뷸런스에 실려 여의도 성모병원을 찾았다. 내 몸의 상태는 경희대 병실에 있을 때보다도 더 악화되었다. 외부의 병원균에 대해 면역체계가 약화된 상태였던 나는, 호흡기를 통해 감염된 듯 편도가 무척 심하게 부어올라 있었다. 아마도 이렇다 할 장비

없이 응급차에 실렸던 탓이 아니었나 싶다. 그러나 탓해봤자 이미 소용없는 일이었다.

내 몸의 상태는 위험수위 그 자체였다. 의사는 백혈병 치료를 하기도 전에 편도가 막히면 사망할 수도 있다고 말했다. 나는 생명과 죽음의 양 갈래길에서 신음하고 있었다.

병원 측은 편도가 거의 막혀 있는 만큼 백혈병 치료는 일단 뒤로 미루고 편도 치료부터 하자고 했다. 그 결과 나는 3주 동안 1인용 병실에서 식사를 전혀 못 하는 것은 물론, 면회 역시 엄격히 제한되는 독방생활을 해야만 했다.

삶과 죽음의 기로에서 고통과 외로움은 단짝이 되어 수시로 나를 괴롭혔다. 병원 맞은편 조그만 포장마차 주인이 너무도 부러웠다.

'건강한 몸으로 포장마차라도 할 수 있다면 얼마나 좋을까? 어쩌면 나는 이 병원 밖으로 살아서는 나갈 수 없을지도 모른다.'

나는 육체적으로도 정신적으로 무너져 갔다. 나도 모르게 삶보다는 죽음을 꿈꾸고 있었다. 여기에서 그냥 뛰어내린다면 더 이상의 고통은 없을 텐데… 그 강렬한 유혹이라니. 병실에 홀로 누워 링거를 꽂고 창문 밖을 가슴 졸이며 쳐다본 적이 몇 번이던가. 나는 그렇게 3개월의 시한부 인생을 남긴 채 점점 죽음을 향해 내닫고 있었다. 더욱이 백혈병 치료는 시도조차 하지 못한 채.

어느 날 면회 온 아내가 아이들이 아빠를 보고 싶어 한다는 말을 전하고 갔다. 아이들을 더 이상 못 볼 수도 있다는 생각에 칼로 도려내듯 가슴이 저며 왔다. 나도 모르게 또다시 죽음을 떠올리며 창가로

다가갔다. 그때였다. 무심코 눈에 나무 한 그루가 들어왔다. 어디서 본 듯한 저 나무도 나처럼 아픔을 간직하고 있을까? 순간 기억 저편에서 그 동안 까맣게 잊고 있었던 나무 한 그루가 뇌리를 스쳐갔다.

아, 고향에 있던 내 플라타너스! 내게 꿈을 새길 수 있는 희망과 용기, 그리고 위로를 주던 플라타너스! 감옥 같은 병실에서 바라본 창밖의 이름 모를 나무는, 어린 시절 뛰놀던 고향의 기억들을 생생하게 되살려주었다. 그곳에 살던 사람들까지도….

플라타너스가
있던 풍경

전북 임실군 관촌면의 한적한 시골집 옆으로는 기차가 다녔다.

나는 그곳에서 일곱 남매 중 넷째로 태어났다. 가난한 살림에 아이들만 일곱이었으니, 이러쿵저러쿵 설명할 필요도 없을 만큼 생활은 말이 아니었다. 어려서부터 하루 세 끼를 모두 먹어본 기억이 나질 않는다. 배가 불렀던 느낌도 거의 없다. 초등학교 시절 당연히 공책 살 돈도 없었고, 소풍을 가도 맨밥에 김치면 진수성찬이었다. 어쩌다 정말 기적처럼 도시락 속에 계란부침 같은 특별한 반찬이 들어 있을 때에는, 수업 시간에 가슴을 콩닥거리며 점심시간만 기다렸었다.

그 많은 식구가 좁아터진 방 두 칸에서 사는 일은 그리 쉬운 일이 아니었다. 이리저리 얽히고설켜서 자노라면 아침엔 온몸이 다 뻐근했다. 학교가 끝나 집에 와도 텅 빈 밥그릇과 동생들만 덜렁 있을 뿐, 나를 반겨줄 사람은 없었다. 형이나 누나는 가난한 형편 탓에 모두 일을 하느라 읍내를 돌아다녔고, 나는 고픈 배를 움켜쥔 채 나보다 더 배가 고플 동생들을 돌봐야만 했다.

돌아보면 그래도 내 어린 시절은 아름다운 시절이었다.

고향의 산과 들 그리고 강만큼은 핍절했던 내 유년기를 풍성하게 채워 주었다. 집에서 20분가량 마을을 지나 논길을 걷노라면 학교에 도착했는데 그 길에는 즐거움이 가득했다. 봄이면 보리를 꺾어 줄기로 보리피리를 만들어 불고, 가을이면 다 캐낸 고구마 밭을 뒤져 머리통만한 고구마를 찾아내곤 팔짝팔짝 뛰었다. 보리를 구워 먹는답시고 빙 둘러앉아 몇 개 되지도 않은 보리알을 그나마 까맣게 태워 먹던 일, 풀밭에 놓아기르는 염소를 잡아보겠다고 우르르 몰려다니던 일….

어디 그뿐이랴. 계절이 바뀔 때마다 서리할 것이 여기저기 지천이어서, 작전회의를 하느라 늘 옹기종기 모여 쑥덕거리던 아이들. 목표물을 얻는 경우보다 들켜서 줄달음질치는 때가 훨씬 많았건만, 그래도 우리들은 또다시 머리를 맞대고 회의에 회의를 거듭했었다. 한 번은 감 서리를 하다가 걸려서 서리한 감을 입에 물고 동네 어귀에 한 시간 정도 서 있었는데, 눈물 콧물에 젖은 감을 입에 물고 서 있던 내 모습은 그 후로도 오랫동안 동네사람들한테 놀림감이 되었다.

"어이 감 대장, 어디 가능가? 또 감 따러 가냐? 이번에는 안 들킬랑가? 조심혀라."

그때마다 고개만 푹 수그리고 정신없이 도망치던 기억이 새롭다.

"와~ 창덕아, 느그 집에는 비둘기가 징혀게도 많다이. 요놈들을 다니가 키운다냐? 정말로 귀엽구만!"

한동안은 비둘기도 키웠다. 학교가 끝나면 부리나케 집으로 달려가곤 했다. 비둘기들이 배고프다고 우는 소리가 들리는 듯했기 때문이다. 마치 비둘기 엄마라도 된 듯 정성스럽게 모이를 주며 키웠다. 웬만큼 크고 나면 산으로 날려 보냈다. 그렇게 키워서 산으로 보낸 비둘기가 한 30여 마리쯤, 꽤나 된다.

"그라믄 이 비둘기 새끼들이 니를 엄닌 줄 알고 도로 찾아올랑가 모르겠다잉. 몇 마리나 올랑가? 야들이 또 새끼를 까면 함께 올란지도 모르것다. 기다려 봐야 쓰것다잉."

그 말이 그럴싸해서 나는 하릴없이 집에서 비둘기를 기다리곤 했었다. 그런데 아쉽게도 찾아오는 비둘기는 한 마리도 없었다.

"창덕아, 아직꺼정 비둘기들이 안 온다냐?"

"글씨말이여, 안 올랑갑다."

"왜 한 마리도 안 온다냐? 니가 그렇게 잘 키워 줬는디. 고놈들이 니를 잊어먹었는갑다. 이런 배신자들!"

"아니랑께. 내가 모이도 쬐끔만 줬는디 갸들이 다시 오고잪것냐. 비둘기들아, 산에서 맛난 것 많이 묵어라. 여기는 안 와도 된께. 잘 살그라."

나는 이렇게 자연 속에서 자랐다. 물질적인 면에서는 너무나 부족한 생활이었지만, 넓은 들과 산 그리고 유유히 흐르던 강물은 나에게 더할 나위 없는 정신적인 풍요로움을 선사해주었다.

그리고 특별히 어린 나의 영혼을 맑게 해주던 곳, 그곳은 바로 우리 동네의 관촌교회였다. 집에 와도 특별한 즐거움이 없었던 나는 오후 나절을 거의 교회에서 살다시피 했다. 교회 목사님은 나이가 지긋하신 분으로, 나를 인격체로 대해주시고 내 능력을 처음으로 인정해주신 분이었다.

"창덕아, 너는 뭐든지 열심히 하니까 꼭 훌륭한 사람이 될 거다."

목사님의 서재는 나에게 수시로 출입이 가능한 도서관이었다. 지금 생각해 보면 목사님의 특별한 배려였던 것 같다. 덕분에 그 당시로는 보기 힘든 귀한 책들을 마음껏 읽을 수 있었다. 지금도 눈을 감으면 교회 옆 탁구대에서 팔을 걷어붙이고 나와 함께 탁구를 즐기시던 목사님의 모습이 떠오른다. 교회 옆의 포도나무에서 잘 익은 포도송이를 꺾어 먹어보라고 내밀며 웃으시던 모습까지도 말이다. 특히 산에 올라가서 내 손을 붙들고 기도해 주시던 목사님을 잊을 수 없다. 그때의 기도내용은 정확히 기억나지 않지만 목사님의 뜨거웠던 손길은 아직도 마음속 깊이 남아 있다.

가정형편이 너무 어려워 중학교 진학을 포기하고 좌절한 채 찾아간 곳도 역시 교회였다. 하나님께 울면서 기도했다. 아마도 이런 내용이었으리라.

'하나님, 왜 우리 집은 이토록 가난한가요? 저는 좋은 옷, 맛있는 음식은 원하지도 않아요. 그냥 중학교에 갈 수만 있으면 좋겠어요. 우리 엄마는 나를 학교에 보낼 수 없으니까 하나님이 보내주세요, 네? 열심히 공부할게요. 공부해서 훌륭한 사람이 될게요. 제발 중학교에

보내주세요….'

밤새 울며 기도하다 지쳐 잠들기를 여러 날, 퍼뜩 한 생각이 스쳐 지나갔다. 내가 돈을 벌어서 학교에 가면 어떨까? 갑자기 의욕이 솟구쳤다. 내가 벌어서 꼭 중학교에 진학하리라. 꼭 성공해서 우리 식구 모두를 행복하게 만들어 주리라.

가정형편 탓에 집에서는 도움을 받을 수 없다는 것을 뼈저리게 알고 있었기에, 여느 아이들처럼 진학 못 하는 것을 원망할 수도 없었다. 게다가 중학교 진학을 앞둔 무렵, 가뜩이나 가난한 살림에 아버지마저 돌아가셨다. 병명도 모른 채 3년 동안 고생만 하다가 내가 초등학교 6학년 때 돌아가셨다. 돌아가시기 몇 달 전부터 나을 수 없는 병에 걸렸다고 생각하셨는지, 어떻게든 빨리 죽으려고만 하시던 아버지….

아버지는 남의 조그마한 땅을 일구는 소작농이었다. 일밖에는 모르시던 분이라 동네에선 별명도 '일호랑이'였다. 워낙 무뚝뚝한 분으로 종일 말 몇 마디 하지 않고 지내셨다. 자식들에게조차 웃어주거나 다정히 이야기 한번 해주는 법이 없었다. 새벽녘에 일찍 나가시면서 "창덕아, 오늘 논으로 점심도시락 가지고 나오너라." 하시는 날이면, 나는 학교를 결석한 채 집에서 멀리 떨어진 곳으로 도시락을 들고 아버지를 찾아가곤 했었다.

아버지는 그늘진 나무 아래에 앉아 점심을 드시면서도 내겐 한 마디도 안 하셨다. 그저 옆에 앉혀두고 식사만 하시다가 가끔 투박하고 거친 손으로 머리를 쓰다듬어 주시는 게 전부였다. 어린 나이인데도 흙이 묻은 손으로 머리를 쓰다듬어 주시는 아버지의 손길이 좋았던 것은, 평소 애정표현이라곤 전혀 안 하시는 아버지의 관심과 사랑이 그리워서였으리라.

많은 식구들의 생계를 책임져야 했을 아버지의 그 투박한 손길은 아버지가 표현할 수 있는 최고의 사랑이셨을 게다. 1년 365일 하루도 쉬지 않고 일만 하시다가 아버지는 내가 초등학교 3학년 때 쓰러지셨다. 이후부터 아버지의 이부자리는 개켜지는 일이 드물었다. 매일 똑같은 자리에 똑같은 모습으로 누우신 채 삶을 지탱하셨다.

지금도 가슴이 메어지는 일이 한 가지 있다. 자리에 누우신 아버지는 식사뿐 아니라 약도 삼키질 않으셨다. 어머니는 발을 동동 굴렀지만 아버지는 아주 태연스럽게 밥상을 물리치며 돌아누우셨다. 밥을 안 드시니 약 또한 아예 드실 생각도 안 하셨다. 어머니는 포기하지 않고 끼니때마다 밥상과 약을 올려놓고는 아버지를 물끄러미 바라보곤 하셨다.

한 집안의 가장인 아버지로선 가뜩이나 가난한 가족에게 부담스러운 존재가 된 것이 못 견디게 힘드셨으리라. 마치 죽음을 재촉하기라도 하듯 고집스레 입을 다무시고 식사며 약을 거부하시던 아버지…. 내가 병원에서 죽음의 문턱에 있을 때, 또 사랑하는 가족들의 고통이 가슴 아프게 느껴져 차라리 죽었으면 좋겠다고 생각할 때, 아버지의 그 마음이 고스란히 내게 이어져 왔다.

아버지가 돌아가시고 나자 어머니가 대신 팔을 걷어붙이고 소작

농 일을 하셨다. 쌀농사를 짓긴 했으나 주로 고구마로 연명해야 했고, 그것만으로는 식구들 입에 풀칠하기가 어려워 남의 집안일까지 하곤 하셨다. 게다가 내 바로 위의 형에게 소아마비 증세가 나타나 집안의 걱정거리가 되었다. 엎친 데 덮친 격으로 여동생은 몸이 여기저기 붓는 부종으로 늘 아팠고, 막내 여동생마저 밤을 따다가 벌에 쏘였는지 눈이 이상해지더니 시신경이 위축되어 시력이 희미해져 갔다. 어머니는 어떻게든 낫게 해보시려고 여기저기 빚을 얻어 별의별 약을 다 써봤으나 효과가 없었다.

가난한 집안형편만으로도 주저앉고 싶으셨을 어머니… 어머니는 날이 갈수록 바람이 불면 날아가 버릴 지푸라기처럼 여위어 가셨다. 부엌에 쪼그리고 앉아 반찬도 없는 밥 한술에 눈물을 말아 드시던 어머니. 어머니가 가느다랗게 부르던 처연한 노랫소리는 지금도 가슴을 아프게 한다. 그것은 노래가 아니라 한 맺힌 통곡이었다.

"석탄 백탄 타는 데는 연기도 나드만은 이내 가슴 타는 데는 연기도 하나 안 나누나…."

그러다 한 번은 내 어린 시절 기억에 커다란 상처를 안겨준, 못 볼 장면을 보게 되었다. 가엾은 어머니가 동네 아주머니에게 뺨을 얻어맞고 계셨던 것이다. 아버지와 자식들의 약값을 감당하느라 빌려 쓴 돈을 제때 갚지 못하자, 화가 난 동네사람이 어머니의 뺨을 때린 것이었다.

그때의 심정이야 어떻게 말로 다하랴. 너무 놀라고 무서워서 나는 어머니 가까이에는 가지도 못하고 그저 바라만 보다가 신작로를 따라 마구 뛰어갔다.

눈물이 앞을 가렸다. 마을이 시작되는 신작로 어귀에 내가 좋아하는 플라타너스가 한 그루 있었다. 다른 나무들보다 키도 크고 잎사귀도 멋있게 보여서 나는 그 나무를 내 나무라고 생각하고 그곳을 지날 때면 늘 만져 보곤 했다. 그리고 언제였던가? 목사님의 안수기도를 받고 산에서 내려오던 날, 그 플라타너스에 '난 이다음에 꼭 최소 경제장관 아니면 대통령이 될 거야.'라고 글자를 새긴 적도 있었다.

나무를 부둥켜안은 채 가쁜 숨을 고르며 펑펑 눈물을 흘렸다. 그날따라 눈물은 멈출 줄 모르고 계속 흘러내렸다. 가난이 너무 서럽고 어머니가 너무도 불쌍했다. 나무 옆에 쪼그리고 앉아 울다가 그대로 잠이 들었다. 깨어 보니 한밤중으로, 집에 돌아와 밥도 굶은 채 잠을 청했다.

하지만 그 이후에도 가정 형편은 나아지기는커녕 더욱 어려워지기만 했다. 날이 갈수록 끼니 걱정을 해야 할 때가 많아졌다. 그럼에도 불구하고 나는 중학교에 진학할 꿈을 꾸고 있었으니 철없는 자식 때문에 어머니가 얼마나 안타까워하셨을까.

어머니는 동네 여기저기로 또 돈을 꾸러 다니셨다. 그렇지만 가장도 없는 가난한 집에 목돈이 드는 학비를 꿔주는 집은 단 한 곳도 없었다. 나는 어느 날 어머니에게 학비를 벌기 위해 서울로 가겠다고 털어놓았다. 어쩔 수 없이 어머니는 내 계획을 허락해주셨으나, 자식에게 눈물을 보이는 것이 싫으셨는지 돌아서서 흐느끼셨다.

서울로 올라오기 전날 나는 플라타너스로 달려갔다. 그리고 혼자서 중얼거렸다.

"플라타너스야, 나 서울 갔다 올란다. 내 걱정일랑 내비두고 우리 엄니랑 식구들 좀 잘 지켜 주면 좋것다⋯⋯."

미래에 대한 설레임과 두려움이 교차했다. 나무에 새긴 글귀를 한 자 한 자 만져보면서, 꼭 돈을 벌어서 중학교에 가리라고 재차 다짐을 했다.

유일한 희망,
공부

눈을 감고 기억을 떠올려본다. 1973년 서울. 변두리에 있는 조그마한 지하공장에서 일하고 있는 열네 살의 어린 소년.

추위가 살을 파고드는 겨울밤, 그 소년은 차가운 공장 바닥에 얇은 이불조각 하나로 몸을 감싼 채 잠자리에 들었다.

"새벽녘에는 왜 이렇게 춥당가? 이가 저절로 떨링께 더 심이 들어야."

"창덕아, 긍께 연설허지 말고 입이나 꽉 붙이고 있으라고."

새벽에 추위에 벌벌 떨며 깨어보니 온몸이 얼음장처럼 차가웠다.

"성! 내 손 한번 보랑께. 어지께보담도 더 많이 부어버렸네. 인자는 만져도 아프지도 않당께."

"그렁께 이 자슥아. 잘 때는 손에 장갑을 끼고 자라고 말했으믄 들어야제. 큰일 났다. 니는 인자 동상이 심하게 걸려부려서 터지고 피도 날 것이여."

그런데도 나는 그런 손으로 두 시간 정도 큰 자루를 어깨에 메고 날랐다.

드디어 기다리고 기다리던 아침식사가 나왔다. 멀건 된장국에 차갑고 단단한 밥 한 덩어리. 반찬도 없이 꾸역꾸역 입 속으로 밀어 넣고 나니 이번에는 아랫배가 아파온다. 화장실로 급히 달려갔다. 하마터면 단벌 바지에 실수할 뻔했다. 눈물이 핑 돌았다.

"엄니! 왜 이렇게 힘들다요?"

코르크 병마개를 생산하는 공장생활은 긴장의 연속이었다. 종이 한 장만한 환기통 틈으로 내려오는 겨울햇살. 그나마도 따뜻했는지 나는 깜박 졸고 말았다.

"야! 창덕아, 정신 좀 차려보그라!"

깜짝 놀라 눈을 떠보니 하마터면 기계에 손이 찍힐 뻔했다. 손을 멍하니 내려다본다.

"성, 나 10분만 나갔다 오믄 안 될랑가?"

"니 졸리냐? 근디 오래 있으믄 안 되아잉? 반장 성한테 들키믄 니는 또 씨게 맞는다."

"알것네."

화장실로 다시 달려간 나는 벽에 기대어 쪼그리고 앉아 고개를 숙이고 쏟아지는 단잠을 청했다.

지금도 그때의 모습이 흑백 영화의 한 장면처럼 고스란히 떠오른다.

그때 나는 동대문 근처의 제기동 병마개 공장에서 그렇게 일했었다.

희망이 이긴다

비록 내가 원해서 하는 일이었지만 어린 나이에 공장 일을 감당하기에는 너무 힘이 부쳤다.

새벽부터 밤늦게까지 같은 일이 반복되었다. 가정형편이 어려운 동네 형들과 친구, 이렇게 여섯 명이 관촌을 떠나 함께 기차를 타고 돈을 벌러 서울로 온 이후 나의 생활은 그렇게 이어지고 있었다.

추운 겨울만 힘든 것은 아니었다. 찜통 같은 여름날에도 창문 하나 없는 공장에서 몇 시간씩 일하다 보면 도망가고픈 생각이 솟구치곤 했다. 작업환경이 열악하기도 했거니와 함께 일하는 공장직원들은 우리가 어리다는 이유만으로 함부로 대하기 일쑤였다.

한 번은 친구가 기계를 만지다가 그만 손가락을 심하게 다쳤다. 공장직원은 다친 손가락을 대충 헝겊으로 싸매 주고 다시 일을 시켰다. 다친 손가락의 통증으로 친구가 눈물을 뚝뚝 흘리자 목에 깡통을 매달아주었다. 눈물이 기계에 들어가면 기계가 고장 난다며 깡통 안으로 눈물을 흘리라고 매달아준 것이었다. 나와 함께 고향에서 올라온 형들도 힘든 공장생활에 적응하지 못하긴 마찬가지였다.

마침내 나는 짐을 싼 채 형들을 따라 공장 문을 나섰다. 호텔 보이로 일하던 고향 선배를 만나러 가는 길이었다. 그 선배는 우리 모두를 용산의 한 여관방에 모아놓고 당시로선 큰돈인 5천 원씩을 옷값으로 건네주었다.

"야들아. 거기서 쎄빠지게 일하믄서 받는 돈 곱절은 받을 수 있당께. 우리 호텔에서 일하믄 고생도 안 하는디. 호텔 청소가 월매나 편한디. 한번 들어와 보랑께. 여기 이 돈으로 깨끗이 옷 좀 사 입고 글고 사투리는 쓰믄 웃응께 서울 말씨 좀 공부하고 잉? 내일 날 새믄 다시 데리러 올랑께. 그리들 알고 있어라잉."

그날 우리 모두는 용산의 따뜻한 여관방에 누워 새로운 인생의 꿈을 꾸었다. 모두들 그렇게 하자고 의견을 모은 것이다.

하지만 나는 밤새 고민에 빠졌다. 선배 형이 제안한 길로 가면 편하긴 할 것 같은데 왠지 잘못된 길로 들어설 것만 같은 불안한 생각이 그치질 않았다.

'내가 서울에 온 것은 학비를 벌러 온 것이지 돈을 많이 벌러 온 것은 아니지 않은가. 이다음에 나는 최소 경제장관이 될 인물인데 사람들이 내가 예전에 호텔 같은 곳에서 일한 걸 알게 되면 뭐라고 하겠어. 다시 한 번 생각해보자.'

아침이 되었다. 형들과 친구는 모두 그 선배를 따라나섰다. 나에게도 함께 가자고 했다. 그러나 끝까지 거절하자 결국 나만 남겨 두고 모두 떠나가 버렸다.

홀로 남겨진 나는 여관을 나와 공중전화를 찾아서 이곳저곳을 헤매고 다녔다.

"사장님, 저 창덕인디요. 지 좀 데리고 가주쇼. 공장꺼정 어찌꼬롬 가능지 모른당께요. 지요, 공장서 다시 일헐라요. 열심히 헐께요."

공장에 돌아온 나는 외톨이가 되었다. 꼭 미운 오리 새끼가 된 심정이었다. 하지만 마음만은 편했다. 나중에 내가 훌륭한 사람이 될 수 있는 길은 지금 이 공장에서 일하는 것뿐이란 생각이 의지로 굳어졌다.

희망이 이긴다

공장 생활에서 나에게 유일하게 도움을 준 사람은 공장 사장의 둘째딸로 나와 비슷한 나이의 마음 착한 소녀였다. 그 소녀는 양념도 거의 안 된 허연 김치를 먹는 내가 안쓰러웠는지 이따금씩 고춧가루를 싸와서 내 호주머니에 넣어주기도 하고, 그 당시 내게는 귀한 음식인 라면을 가져다주기도 했다. 나는 비닐에 싼 고춧가루를 몰래 김치에 털어 넣고 혼자만의 즐거운 식사를 했다. 그 소녀는 객지 생활을 하며 고생하는 나에게 따뜻한 위로의 말도 건네주고 자신이 감명 깊게 읽었던 책이나 시집도 한두 권씩 건네주었다.

"이거 한번 읽어봐."

마주 보고 길게 이야기한 적도 없는 터라 얼굴은 기억나지 않지만 책을 주고받으며 느낀 가벼운 떨림, 사랑이라고 표현하면 그 순간 펑 터져버릴 비눗방울 같은 감정… 아무튼 1973년 서울에서 겪은 모진 공장 생활 중에서 그 소녀와의 만남은 한 장의 엷은 수채화로 내 가슴에 남아 있다.

1년이 지난 후 나는 그동안 일했던 월급을 한꺼번에 받았다. 일하면서 필요한 돈은 가불 형식으로 조금씩 받아 썼기 때문에 목돈으로 받고 보니 중학교에 진학할 학비가 그럭저럭 마련되었다. 그때의 뿌듯함은 이루 말할 수가 없는 것이었다. 돈을 벌어서 다시 고향으로 내려가자고 했던 형들과 친구는 결국 고향으로 함께 돌아가질 못했다. 호텔로 가지 않은 나의 선택이 옳았던 것이다.

서울의 판자촌에서 어렵게 생활하고 있던 큰누님이 공장으로 나를 데리러 왔다. 누님 집에서 하룻밤을 묵은 뒤 끊어주는 기차표를 갖고 고향으로 내려왔다. 결국 1년 후배인 동생들과 함께 나는 관촌 중학교에 당당히 입학, 꿈에도 그리던 학업의 길로 접어들 수 있었다.

그토록 하고 싶었던 공부였던지라 누구보다도 열심히 학교생활을 했다. 중학교 3년을 후회 없이 공부했다. 1학년부터 3학년까지 반장을 했다. 3학년 때는 전교 회장이 되었다. 공부도 재미있었다. 전교 일등도 몇 번 했다.

"우리 창덕이가 또 일등을 했다냐? 위메, 남들은 공부만 혀도 등수가 안 오른다드만 니는 집안일 허느라고 책 볼 시간도 많이 없었는디 또 일등을 혔냐? 동네 아줌씨들헌테 자랑 좀 혀야것네."

"아이고 엄니. 절대 글지 마쇼잉? 넘들헌테 자랑헐라고 일등혔다요? 하나님 말씀에도 교만허믄 안 된다고 혔당께요."

그 당시에는 내가 그렇게 공부를 잘하는 것이 다 하나님과 어머니, 선생님의 덕분이라고 생각했다. 행복했던 시절이었다. 마음이 통하는 친구도 여럿 사귀었다. 중학교 때 역시 어려운 가정 형편 탓에 도시락을 못 가져갈 때가 많았다. 그때 주저 없이 자기의 도시락을 나눠주던 친구들의 따뜻한 마음을 어찌 잊을 수가 있으랴….

하루는 이런 일도 있었다.

"창덕아, 점심시간에 밖에 나갔다 올 일이 있응께 점심은 니 혼자 먹어야것다."

"응, 그리 혀라."

대답은 그렇게 했지만 그날도 점심에 먹을 도시락을 싸 오지 못한 나는 왜 갑자기 나에게 그런 말을 하는지 속으로 이상하다는 생각만 하고 있었다.

이윽고 점심시간이 돌아왔다. 무심코 더듬어본 책상 속에서 그 친구가 남겨준 도시락이 나왔다. 순간 눈물이 고였다.

"이 친구가…."

어려운 가정형편으로 내가 점심을 거르고 있다는 것을 눈치채고 슬며시 도시락을 넣어준 것이었다. 그것도 자기로서는 표시 나지 않게 하려고 애를 쓴 것이다. 혼자 편안히 밥을 먹게 하려는 친구의 배려에 가슴이 메어와 쉽게 숟가락을 들지 못했다. 나는 그날 눈물에 젖은 도시락을 먹었다.

그렇게도 원했던 공부를 맘껏 하면서 내 인생에서 우정을 나눌 수 있는 친구들까지 만났던 중학교 시절. 하지만 3년이란 세월도 잠시, 고등학교에 진학할 시기가 되자 나는 또다시 고민에 빠졌다. 고등학교에 진학하자니 어머니의 부담이 크실 것이고 포기하자니 공부에 대한 미련이 컸다. 이런 내 마음을 알아차린 어머니는 내 손을 끌고 이 집 저 집으로 다니셨다.

"한 번만 도와주쇼. 야가 워낙 똑똑헌께 뭐가 되어도 될 텐디… 못난 에미 만나서 넘들 다 가는 고등핵교도 못 가게 됐당께요. 우선 입핵금이라도 쪼깐 보태주믄 안 될랑가요? 지가 무신 수를 써서라도 꼭 갚어 드릴라요."

"글씨 창덕이가 똑똑하단 건 잘 알제! 우리 마을서 인물 난 거여.

근디 우리도 형편이 어려워서….”

“야가 텔레비존도 나왔당께요. 그때 못 봤소잉? 학교 대표로 뽑히 갖고 떡허니 마이크 잡고 핵교 설명도 혔는디… 나는 보믄서도 떨리 더구만 야는 하나도 안 떨고 말도 술술 헙디다. 될성부른 나무는 떡 잎부터 알아본다고 크게 될 아이랑께요. 지발 좀 도와주쇼.”

“미안허게 됐소. 창덕아, 미안허다. 나도 니 도와주고 잡긴 헌디 우리도 요새 통 어렵당께. 다른 디로 좀 알아봐라.”

몇 집을 다녀 봤지만 사정은 다 마찬가지였다.

“니 먼저 집에 가그라.”

터덜터덜 혼자서 집으로 가다가 걱정이 돼서 다시 가보니 어머니가 담벼락에 쪼그리고 앉아 울고 계셨다. 가슴이 미어졌다. 또다시 내가 의지할 곳은 관촌교회의 하나님밖에 없었다. 나는 또 매달렸다. 그리고 울부짖었다. 아니 필요하다면 다시 서울행 기차를 올라탈 각오로 내게 필요한 것을 간구했다.

모세가 열심히 기도를 하자 막혔던 홍해 바다의 길이 열렸듯이 내게도 그런 기적 같은 일이 생겼다. 중학교 담임이셨던 유장수 선생님이 자신의 친구분을 후원자로 소개시켜 주신 것이다.

“창덕아, 너 고등학교 학비를 도와주시겠다는 분이 있구나. 전주에 백제약국이라고 있거든. 그곳 약사가 내 친구야. 네 가정 형편으로 인문계는 무리 같구나. 실업계 고등학교라도 진학해서 열심히 공부하면 나중에 좋은 곳에 취직할 수 있을 거야.”

내 소식을 전해 들은 친구는 마치 자기 일인 양 내 손을 붙잡고 기뻐하면서, "니는 낭중에 꼭 목사님이 되것다. 하나님이 니를 지켜주시능 갑다."라고 말해주기도 했다.

고등학교 3년 동안 관촌에서 전주까지 왕복 다섯 시간 통학을 하고 다녔다. 그러나 힘들거나 지루하지 않았다. 내가 하고픈 공부를 할 수 있다는 기쁨! 그 기쁨과 감동은 고스란히 신앙심으로 이어졌다. 매주 다가오는 주일을 설레는 마음으로 기다렸다. 학교가 끝나면 집으로 바로 오지 않고 교회로 간 적도 많았다. 교회의 낡은 의자에 앉아 조용히 드리던 기도. 눈물을 흘리며 감사하기도 했고 한숨을 쉬며 회개하기도 했다. 어려웠던 가정형편 탓에 이 세상이 무섭고 미울 때도 여러 번 있었다. 하지만 내 꿈을 포기할 수밖에 없는 현실에 좌절하고 실망할 때마다 나를 붙잡아 일으켜준 것은 주님의 사랑에 대한 믿음과 주변 사람들이 베풀어준 따뜻한 사랑이었다.

학비는 후원금과 장학금으로 거의 해결되었으나 교통비나 책값은 내가 해결해야 했다. 틈나는 대로 도로 정리 아르바이트를 하고 방학 때면 막노동도 서슴지 않았다. 그때 한창 공사 중이던 전주 MBC방송국의 배선 연결 작업에도 참여했던 기억이 난다. 로터리클럽 장학금을 비롯해 지역 유지 여러분의 장학금을 받아가며 나는 무난히 고등학교를 졸업할 수 있었다.

고등학교 3년을 마칠 즈음 나는 더 이상의 학업은 과욕이라는 생각을 했다. 물론 학업을 향한 열망은 여전히 남아 있었지만 잠시 꿈을 접고 한국전력의 공채 시험에 응시, 졸업 전에 합격했다.

1980년 입사해서 울산, 평택 등지에서 근무하다가 전기기사 자격증도 땄다. 자격증을 따기 위해 회사에서 무료로 제공하는 기숙사도 마다하고 하숙을 얻어 학원을 다니면서 공부한 결과였다. 그 당시 나는 이런 생각을 했었다.

'우선은 내가 성공해야 한다. 내 자신에게 투자를 하자.'

그렇게 4년의 시간이 흘렀다. 나에게 맡겨진 일에 최선을 다하면서 직장 생활에 충실했다.

그러던 어느 날 나에게 또 다른 기회가 찾아왔다. 당시에 총무처와 한전이 공동으로 주관하는 유학 프로그램이 신설됐는데, 당시로선 고급 정보인지라 윗분들만 알고 있는 내용이었다. 하루는 과장님이 나를 부르셨다.

"정 군, 자네 시험에 응시 한번 해보지 않겠나?"

"다른 분들도 많은데요. 제가 나이도 제일 어린데….”

"아니야, 우리 부서에서는 자네가 제격일세. 연수원에 들어가서 공부를 하면 좋겠지만 자네 나이가 너무 어려서 그건 어렵겠고, 대신 근무시간을 조금 줄여줄 테니 열심히 해보게."

서울대 어학연수원에서 실시하는 어학시험에 통과만 하면 봉급을 받아가며 무상으로 해외에 갈 수 있는 유학 프로그램으로, 꿈에도 그리던 학업과정이 아닐 수 없었다. 한전 직원 중에서 몇 명을 뽑아 일본의 도시바전자회사 교육기관에 위탁하여 교육시키는 아주 특별한 프로그램이었다.

분야도 당시 우리나라로서는 도입 단계였던 정보 컴퓨터라는 최

첨단 학문이었다. 교육이 영어와 일본어로 진행되는 만큼 양국의 언어능력 평가가 선발 기준이었다. 아, 꿈에도 그리던 유학의 꿈! 그 문은 그렇게 열렸다.

나보다 먼저 정보를 접한 한전의 직원들은 발 빠르게 시험 준비를 했다. 아예 한전 연수원에 들어가 3개월간 언어 공부만 하는 사람도 있었다. 비록 일과 공부를 병행해야 하는 어려움이 있었지만 새로운 목표는 내 자신을 채찍질해 주었다. 나는 그야말로 책만 팠다. 회사에 출근하는 중에도 책을 보며 갔을 정도였으니 남들이 보면 미친 사람이라고 손가락질을 해댔을 것이다.

한 번은 이런 내 얘기가 회사 전체에 퍼져 얼굴이 화끈거렸던 적도 있었다. 종로고시원에서 나와 한전이 있던 명동으로 걸어가야 하는데 책에 정신이 팔린 나머지 회사 반대편 방향으로 걸어가고 있던 나를 선배가 발견했던 것이다.

"정창덕! 정창덕! 아니 회사는 이쪽인데 어딜 그렇게 가나? 아무리 책을 보더라도 볼 때 봐야지. 이 사람, 그러다가 큰일 나네."

아무튼 그날 이후로 내 얘기는 한전 본사 전체에 화제가 되고 말았다. 그리고 마침내 1985년 서울대 어학시험에서 당당히 2등으로 합격하는 영예를 안게 되었다.

어린 시절 입학금이 없어서 중학교 진학을 포기했던 나에게 플라타너스에 새긴 꿈은 점차 현실로 다가오기 시작했다. 나는 이제 일본으로 유학을 떠나는 것이다.

도전하는 인생

시험 합격 후 나름대로 계획을 세웠다.

'여건만 주어진다면 일본에서 정식으로 대학 과정을 밟아보리라!'

주변의 몇몇 사람들은 타국에 가서 고생할 나를 걱정부터 했다.

"자네는 참 힘들게 사는 것 같네. 왜 편한 길을 놔두고 험한 길로 돌아가고 있나? 낯설고 물선 일본에서 공부까지 하려면 얼마나 힘이 들까 해서 하는 말일세. 그냥 교육만 받고 공부는 한국에 와서 해도 충분할 텐데….."

하지만 나에게는 분명한 소신이 있었다. '내 인생은 내가 설계하고 내가 꾸려나간다.'는 것이었다. 어느 누구도 대신해 줄 수 없고 맡겨서도 안 되는 나의 인생! 다른 사람의 사는 방식이 편하다고 해서 그대로 답습해 간다면 그건 내게 죽은 삶이나 마찬가지였다. 비록 가시밭길일지라도 내가 선택한 길로 가고자 하는 것이 어느덧 청년 시절

나의 인생관이 되어 있었다.

'내 뼛속까지 생명력을 체험하며 살아가리라!'

일본에서 공부하면서 내가 무엇보다 감탄한 것은 그들의 놀라운 기술력이었다. 일본의 첨단 과학관을 견학할 기회가 종종 있었다. 모든 업무가 자동화 시스템에 맞춰져 있었고 카드를 사용할 수 있는 체계가 갖춰져 있었다. 개인의 신상은 물론 세계정세까지 모든 정보를 한눈에 파악할 수 있는 정보기술은 놀라움 그 자체였다. 로봇이 사람의 말에 따라 창문이나 문을 열어 주고 화재가 발생하거나 외부인이 침입할 경우 자동으로 경보를 울리는 미래의 주택관도 볼 수 있었다. 머리에서 발끝까지 한 번에 온몸을 촬영하는 의학기술은 충격이 아닐 수 없었다. 지금이야 당시 내가 놀란 일들이 모두 국내에서 상용되고 있지만 1980년대 중반까진 생각도 못했던 일들을 목격한 나는 일본인들의 창조성에 한껏 매료되고 말았다.

'하나라도 더 배워야겠다. 이 일이야말로 앞으로 내가 연구할 과제다.'라는 생각만으로 이국땅에서의 외로움과 싸우며 열심히 공부했다. 도시바전자회사에서 정보 컴퓨터를 습득하는 한편, 나는 뜻한 바대로 와세다대학 경제학부에 적을 두고 공부를 겸했다. 그리고 그들의 기술을 하나라도 더 습득하려고 노력하던 중 일본인들의 모방성과 독창성 그리고 창조성에 크게 관심을 쏟았다. 그 결과 일본에 2년 가까이 체류하는 동안 경제학과 컴퓨터를 통합하는 첨단 학문을 습득할 수 있었고 아울러 창조적 발상 기법을 병행 연구할 수 있었다. 일본

창조성학회에 출입하면서 나는 창조적 발상 기법을 연구하게 되었다.

일본에서 체류한 1년 8개월! 그곳에서 나는 누구보다 공부를 열심히 했다. 그리고 지금의 아내가 된 혜린이를 그리워했고, 어머니를 생각하면서 성공에의 열망에 들떠 있었다.

1987년 6월 20일, 나는 드디어 한국으로 돌아왔다. 가슴이 설레었다. 보고 싶은 사람들. 어머니, 혜린, 창용, 진숙, 고향 친구들, 한전 선배님들….

일본에서의 생활에 불만은 없었다. 열심히 살았다. 공부도 아쉬움이 없었다. 비록 욕심내어 공부에만 매달리다 보니 위 내시경 검사를 두 번이나 받을 정도로 건강이 악화되었으나 젊음으로 이겨내었다. 내 미래, 그것을 내 스스로가 만들어낸 것이다. 내 앞에 펼쳐질 세상, 이젠 자신이 있었다.

일본에서 돌아온 후 두 달 정도 지난 그해 8월에 결혼을 했다. 2년 가까이 객지생활을 하며 외롭게 살던 나에게 결혼은 안정감을 가져다주었다. 아내가 차려주는 상 앞에 앉아서 밥 먹는 생활은 무척이나 감사했다. 결혼하고 얼마 되지 않아 아내는 임신을 했고 심한 입덧으로 고생을 했다. 그러나 나는 아내의 입덧이 채 끝나기도 전에 또 다른 준비를 하고 있었다.

이번에는 미국 유학! 물론 전혀 갈등하지 않은 것은 아니었다. 너무 내 욕심이 과한 것은 아닐까 고민도 했다. 하지만 내 앞에 있는 기회를 놓칠 수는 없었다. 공부는 내가 가장 하고 싶던 일이었다. 아니,

못하면 한이 맺힐 것만 같았다.

총무처와 한전이 주관하는 토익TOEIC 언어시험 고득점자에게는 미국 연수의 기회가 제공됐다. 일본에서 연수한 것과 똑같은 경우였다.

나는 다시 책을 잡았다. 새벽에는 서울대 앞 고시촌 학원에서 고시생들에게 영어강의를 하면서 아르바이트 겸 공부를 계속했다. 그리고 얼마 후 나는 미국행 비행기를 탈 수 있었다. 아내와 갓 태어날 아이를 두고 외국으로 떠나는 일이 마음 아팠지만 새로운 기회에 대한 유혹은 더 컸다.

미국에서는 제네럴 일렉트릭 사General Electric Co.에 산업연수로 근무하면서 조지아텍대학과 캘리포니아 코헨대학에서 경영학 품질보증QA 분야를 공부할 기회를 얻었다. 미국에서의 유학생활은 일본에서의 생활보다 더 힘들게 느껴졌다. 나를 가장 힘들게 한 것은 의사소통의 문제였다. 도무지 강의나 동료들의 대화를 알아들을 수가 없었다. 물론 책과 글씨로는 이해가 쉬웠지만 정작 학업과 생활에 필요한 말하기와 듣기가 제대로 되지 않아 여간 어려운 것이 아니었다.

나름대로 고민하다가 비디오 공부법을 활용했다. 영화를 좋아하는 것은 아니었으나 공부를 위해 열심히 봤다. 대사 전체를 조금씩 노트에 옮겨 적은 경우도 있었다. 또 영화 대사를 오디오 테이프에 녹음해서 매일 반복하며 한 시간 정도씩 듣고 다녔다. 얼마 동안 계속하고 나니 처음엔 전혀 무슨 뜻인지도 모르던 얘기들이 대충 귀에 들어오기 시작했다. 전반적인 상황을 알게 되고 나중에는 '아, 이 말은 이럴 때 쓰는 말이구나.' 하는 단계까지 도달할 수 있었다. 한 달이 지나고 두 달이 지나자 의사소통이 점차 가능해졌다.

미국은 우리와는 사뭇 공부하는 분위기가 달랐다. 최첨단의 강의 내용, 편안한 수업 분위기… 이런 환경에서 교육받은 미국 학생과 주입식 강의 내용, 억압적이며 사무적인 수업 분위기 속에서 공부한 한국 학생이 과연 경쟁 상대가 될 수 있을까 하는 생각이 머리에서 떠나지 않았다.

나는 미국에서 주중에는 아르바이트와 공부를 병행하며 바쁘게 지냈다. 연구를 하느라 밤을 새우는 경우도 많았다. 미국에서의 생활은 공부 그 자체였다. 전공도 한 과목만 공부한 것이 아니라 여러 과목을 수강했기 때문에 남보다 더 많은 시간과 노력을 투자해야 했다. 게다가 캘리포니아 코헨대학에서 박사 학위까지 따려면 더 열심히 공부하지 않으면 안 되었다. 그러나 총무처가 허가해 준 체류기간이 얼마 남지 않았고 직장인 한전으로 복귀해야 했기에 학위를 따지 못한 채 한국으로 돌아올 수밖에 없었다.

1992년, 나는 한국과학기술원KAIST의 박사 과정에 입학했다. 그리고 1994년에는 꿈에 그리던 대학 교수가 되었다. 박사 과정을 밟는 중에 있었지만 서일대 전산과 조교수로 임용된 것이다. 어렸을 때 꿈꾸던 '최소 경제장관'의 비전에 한 발을 가까이 내딛은 기분이었다.

내가 배운 창의력 기법을 강의에 활용할 수 있는 것 역시 기쁜 일이었다. 그러나 창의력 기법에 익숙지 않은 학생들이 처음부터 창조적 학습 방법에 쉽게 적응한 것은 아니었다. 나는 강의 내용을 학생들의 감각에 맞춰 나갔다. 어색하던 수업 분위기가 차츰 활기를 띠게 되었다.

"오늘은 생활 속에 숨어 있는 더하기, 빼기, 곱하기, 나누기의 법칙을 찾아볼까요? 우선 더하기. 잉크와 펜의 기능을 더한 것이 만년필이죠. 볼펜과 전등을 합한 것은 반디펜이고요. 또 뭐가 있을까요?"

한 학생이 손을 번쩍 들었다.

"단란주점이요. 술도 마시고 노래도 마음껏 부를 수 있으니까요."

와— 하고 웃음이 터져 나왔다.

"그래요, 맞아요. 다음은 빼기 법칙. 안경에서 테를 뺀 것이 콘택트렌즈죠. 카메라에서 필름을 뺀 것인 돼지털, 아니 디지털 카메라고요."

그러자 여기저기서 다양한 의견이 나왔다.

"구멍 낸 청바지요."

"무가당 주스요."

"교수님, 배꼽티도 있어요."

학생들은 즐거워했다.

"네, 그렇습니다. 단순한 수학 법칙이 아니라 경제에 활용되는 법칙이 바로 더하기 법칙과 빼기 법칙입니다. 계속해서 곱하기, 나누기도 알아봅시다."

"교수님, 곱하기는 잘 모르겠습니다. 멜빵 뒷부분의 엑스 자도 곱하기 법칙에서 나온 건가요?"

"그건 물론 아닙니다. 경제에서 곱하기는 바꾸기 법칙입니다. 백

화점에서 물건을 사서 우체국으로 보내던 것을 인터넷 전자 상거래 구입으로 대체하면 시간과 노력이 절약되는 것과 같은 거죠.”

“교수님, 나누기 법칙은 말씀 안 하셔도 알 것 같습니다. 원피스 수영복을 나누면 비키니가 되는 거죠?”

“흥미로운 발상이군요. 경제 법칙의 나누기는 축소 법칙이 됩니다. 호텔은 캡슐텔, 토마토는 방울토마토, 숲은 정원으로, 다시 화분으로 그리고 분재로 축소되잖아요. 여러분이 경제를 생각하고 연구할 때 이 네 가지 법칙을 접목시키면 새로운 아이디어가 나올 수 있습니다. 그리고 이것이 바로 창조적 발상 기법인 것입니다.”

“교수님 한 가지 제안을 해도 되겠습니까? 제가 만약 창조성을 발휘해서 새롭게 오늘 수업은 여기서 마치자고 말씀드리면 어떻게 되는 건가요?”

교실 안은 웃음바다가 되었다. 학생들을 가르치는 일은 즐거운 일이었다. 학생들 역시 매우 적극적으로 나의 강의를 받아들였다. 학생들은 전반적으로 새로운 것을 원하기 때문에 변화의 첫 단계인 창조성을 이해하고 쉽게 수용한다. 창조성은 문제 해결의 열쇠를 제공하는 아이디어나 마찬가지여서 창조성이 있느냐 없느냐에 따라 삶의 방향이 달라진다.

지나치게 일상생활에 찌들어 있으면 새로운 아이디어를 찾기 힘들다. 또한 기존 지식에 의존하는 경우에도 우리의 사고방식은 무관심과 습관에 의해 퇴보한다. 즉 ‘틀에 박힌 사고’는 새롭고 어려운 문제를 해결해야 할 때 사람의 사고를 무력하게 만들 수 있다. 지루하고 짜증나는 생활을 활기차고 늘 새로운 생활로 전환시켜 주는 것이 바로 창조성이다. 창조성은 타고나는 것도 있지만 두뇌 훈련, 지속적인 관심과 같은 후천적인 요인에도 영향을 받는다. 창의력이 높을수록 일의 성과도 보다 편리하고 즐겁고 안전하게 나타난다. 창의력을 높이는 방법은 창의력 저해요소를 없애는 것이다.

아직 고정관념에 묶여 있지 않은 초등학생에게 창조적 발상 기법을 설명할 때는 나도 깜짝 놀랄 때가 많았다. 집으로 놀러 온 아이들의 친구를 모아놓고 몇 번 창조 기법을 가르쳐 주었더니 자기들끼리 토론하고 문제를 제기하는 수업을 척척 잘해 내었다.

"와, 새로 산 냉장고가 정말 크다. 코끼리도 들어가겠다."

"얘들아, 우리 코끼리를 냉장고에 넣는 방법을 생각해 보자. 이건 어때? 코끼리에게 냉장고를 먹게 하는 거야. 그리고 코끼리 입을 뒤집는 거야….."

"히히히."

이처럼 기발하고 유쾌한 창의성 개발을 중심으로 나는 국내에 창조성 학회를 만드는 일에 열중했다. 그러다 보니 자연스럽게 매스컴의 관심을 끌기 시작했다.

신문 잡지에 기사가 실리면서 얼마 지나지 않아 수많은 기업체에서 강의를 부탁해 왔다. 기업이 살아남기 위해서는 대량 생산과 물량 위주의 사업 확장이 아니라, 더하고 빼고 곱하고 다시 나누는 새로운 창의력과 아이디어의 도출이 필요하다는 강의 내용은 기업에게 있어 무척이나 절실한 과제였던 것이다. 특히 당시가 IMF 직전이었던 만큼 내 강의는 사람들의 시선을 끌기에 충분했다.

내 꿈은 하나씩 하나씩 실현되어 나갔다. 대학 교수, 창조성학회 회장, 기업 컨설팅 업무, 박사 학위 공부 등… 기찻길 옆 오두막에 살던 가난한 어린이가 간직하고 있던 '플라타너스의 꿈'은 어느덧 이렇게 조금씩 조금씩 화려해져 가고 있었다. 마치 인생이 더하기의 법칙으로만 이어져 나가는 것처럼!

그러나 내 인생에 더하기 법칙만 작용할 것이라는 생각은 잘못된 것이었다. 너무 과도한 업무와 끝없는 욕망 탓에 나는 빼기 법칙이 있다는 것을 까맣게 잊고 있었다. 빼기가 없이 계속 더하기만 해서 점점 부풀어가던 내 인생은 어느 순간 곱하기 제로가 되고 말았던 것이다. 그것도 처음으로 돌아가는 곱하기 하나가 아니라 모든 것을 잃게 되는 곱하기 제로 말이다. 내 인생 자체가 사라지게 된 것이다.

플라타너스의 꿈

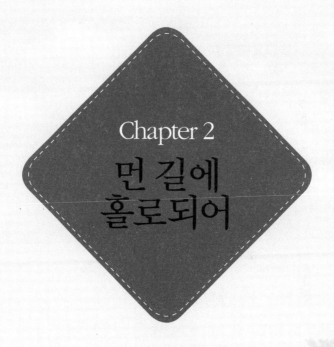

Chapter 2

먼 길에
홀로되어

확률이 제로인 게임

나는 백혈병 진단을 받았다.

산소를 운반하는 적혈구, 병원균을 퇴치하는 백혈구 그리고 혈관 파손을 회복시켜 주는 혈소판 등의 세포가 내 핏속을 흐르고 있다는 사실을 새삼스럽게 깨달은 것은 그때가 처음이었다. 물론 중·고등학교 시절에 배운 것이지만 그것은 단지 공부에 불과했다. 내 몸속에서 흐르고 있는 피가 그렇게 조직적이라니! 게다가 내 몸속의 피는 죽음의 피였던 것이다. 혈소판은 15만에서 40만 개가 정상인데 내 몸에는 2만 2천 개 정도밖에 되지 않았다.

"환자분의 혈소판 수치가 워낙 낮군요. 이런 상태로 계속 무리하게 일했다면 내장출혈 또는 뇌출혈로 사망했을지도 모릅니다."

나를 진단한 의사는 몸 상태가 이렇게 될 때까지 뭘 했냐며 고개를 저었다.

또 13~17그램/데시리터 정도가 정상인 적혈구는 7.4그램/데시리터, 4천~9천 개가 되어야 정상인 백혈구 수는 3천 개, 그것도 미성숙 세포가 거의 다였다. 백혈구가 성장을 멈춰 미완성인 채로 이상 번식을 해서 혈액 안으로 비정상적인 백혈구가 떠돌고 있는 상태였다. 뼈의 중심인 골수에서 혈소판, 적혈구, 백혈구가 만들어지는데 골수가 정상적인 활동을 할 수 있도록 건강한 골수를 이식하는 게 필수적인 병이었다.

의사는 내게 최선의 치료 방법으로 골수 이식을 제안했다. 형제간의 일치 확률은 4분의 1. 타인과의 일치 확률은 2만분의 1. 부모는 주고 싶어도 아예 줄 수가 없는 것이 골수이다. 골수 이식을 위한 유전자 검사를 위해 형제들이 모두 검사를 받았다.

그러나 불행하게도 운명은 나에게 쉬운 길을 안내해 주지 않았다. 내 골수는 형제들 어느 누구와도 일치하지 않았다. 그렇다면 남은 방법은 계속되는 항암 치료와 자가 골수 이식뿐. 자가 골수 이식이란 내 자신의 골수 중 건강한 골수를 채취하여 이를 다시 이식하는 것을 말한다. 이미 병든 골수를 건강한 골수로 만들기 위해서는 고용량의 항암제 치료를 받아야만 했다. 왜냐하면 현미경으로 암세포가 보이지 않는 '완전 관해(完全 寬解)' 상태가 되어야만 자가 골수 이식 수술이 가능하기 때문이었다.

담당 주치의는 어머니와 형님, 누나, 동생 그리고 아내가 모두 모인 자리에서 "고용량의 항암제 치료 도중 부작용으로 사망할 수도 있으며, 만약 환자의 사망 시 의사에게 일체의 책임을 묻지 않겠다."는 내용의 각서를 쓰게 했다.

어머니는 그 각서 내용을 듣고 그만 정신을 잃고 마셨다. 나머지 식구들도 통곡을 했다고 한다. 아내 역시 손이 덜덜 떨려서 차마 쓸 수 없었다고 한다. 다들 최악의 상태를 생각할 수밖에 없었던 것이다.

각서를 쓸 당시 나는 막상 백혈병 치료는 엄두도 내지 못한 채 1인용 독방 병실에서 편도선 치료를 받고 있었다. 목이 너무 부어서 숨도 쉴 수 없고 물 한 모금 넘길 수도 없어 산소마스크에 의지해야 했던 독방 생활이었다. 다행히도 치료가 효과적으로 이뤄져서 조금씩 편도가 가라앉으며 차도를 보이기 시작했다. 그러나 그때부터가 모든 고통의 시작이었다.

병원 측은 3주 후 편도가 가라앉자 나를 13층 무균실로 옮기고 본격적인 항암 치료를 시작했다. 항암제 투여는 식사와 함께 이뤄졌다. 워낙 독한 약이다 보니 음식물을 섭취하지 않고는 약을 쓸 수가 없었기 때문이었다. 나의 몸은 항암제의 부작용으로 심한 구토와 고열이 반복되는 증세에 시달리고 있었다. 그러다 보니 밥 한 숟가락을 입에 넣고 간신히 씹어 식도를 넘기면 곧바로 토하는 악순환의 고통이 계속됐다.

마치 그리스 신화에 나오는 시시포스Sisyphos의 모습 같았다. 애써 굴려서 산의 정상 위에 올려놓으면 바로 아래로 굴러떨어지는 바위, 다시 처음부터 시작하지만 역시 굴러떨어지는 바위… 소독 냄새가 나는 멸균식을 억지로 씹어서 삼키면 바로 구토를 했다. 하지만 내 아이들인 의진이와 효진이의 이름을 부르며 끼니때마다 한 숟가락, 한 숟가락을 억지로 삼켰다.

처음 13층 무균실에 들어가던 날, 바로 옆 침대에 있던 환자가 갑자기 고열로 인해 고통을 받다 수술실로 내려가는 것을 목격하였다. 그리고 그 환자는 다시는 무균실로 되돌아오지 않았다.

그 충격! 그것은 내가 막연히 짐작해 오던 '죽음'이었다. 사라진다는 것! 나는 처음으로 백혈병 환자의 죽음을 목격하고 며칠간을 잠 못 이루며 불안감에 떨어야 했다.

과연 이 무균실에서 일반 병실로 갈 수 있을까? 나는 매일 40알의 알약을 입속에 털어 넣으며 다짐하고 또 다짐했다. 여기서 더 나빠진다는 것은 곧 죽음이며, 이 무균실을 나갈 경우 삶이냐 죽음이냐 하는 두 가지 경우밖에 없다는 사실을 되새기고 되새겼다. 그리곤 일단 여기에서 살아나가야 한다는 신념 하나로 치료에 충실히 임했다.

그렇게 무균실에서 말로 이루 다 표현할 수 없는 생활이 50여 일간 계속됐다. 일반 병실로 옮기던 날, 그때의 기분은 막 꺼져가던 불씨가 간신히 새로 살아났을 때와 같았다. 그날 난 다시 태어난 듯한 기쁨에 몸을 떨었다. 인생의 막다른 골목에서 다시 한 줄기 햇살이 비추는 듯한 감격이었다. 살아서 그 방을 나온다는 것 자체가 나에게는 기적이었던 것이다.

그러고 나서 1주일 후 나는 일단 퇴원해도 좋다는 진단을 받았다. 백혈병이 완전히 나은 것은 물론 아니고 집에서 한 달가량 기다렸다가 다시 입원해 2차 항암 치료를 하자는 것이었다. 항암제 치료가 너무 독한 까닭에 지속적으로 항암제 투여를 할 수 없는 것이 이 병의 특성이었다.

　그렇게 나는 가족들의 곁으로 돌아왔다. 아이들은 내가 면역 체계가 약한 것을 알고 있는 탓에, 나에게 달려와 품속에 안기고 싶고 내 손을 붙잡고 싶고 나와 얘기하고 싶어도 가까이 올 수 없었다. 혹시라도 아버지가 다시 병에 걸릴까 봐 조심하고 또 조심하는 아이들이 된 것이다. 13층 무균실에서 나와 같이 50여 일간을 붙어 있던 아내는 아침밥을 하면서도, 시장을 다녀오면서도, 방 청소를 하면서도 안방 문을 살며시 열어보거나 내 이불을 살포시 들춰보곤 했다. 내 숨이 붙어 있는지 확인을 거듭하는 버릇이 생긴 것이다.
　그렇게 한 달을 주기로 입원과 퇴원을 반복했다. 백혈병 환자들은 항암제 치료를 받다 보면 머리카락이 모두 빠지게 된다. 아니, 몸에 있는 털이란 털은 모두 잃게 된다. 독한 항암제가 몸의 털을 모두 쓸어내기 때문이다. 그래서 아예 어떤 환자는 자발적으로 삭발을 하는 경우도 있었다. 하지만 그렇게 빠져나간 털들은 얼마쯤 지나면 또다시 자라난다. 자라고 또 빠지고 이렇게 털들과의 전쟁이 계속되는 것이 백혈병이다. 특히 몸에 있는 털이나 이미 빠져버린 털은 또 다른 병균을 옮길 수 있기 때문에 그때그때마다 털을 제거해 주는 것이 일과 중 하나였다.

　3차 항암 치료를 위해 입원했을 때였다. 같은 병실에 입원해 있던 한 환자가 테이프를 손에 감아 다른 환자의 머리카락을 떼어 주는 걸 보았다. 그는 자신도 백혈병 환자이면서 다른 백혈병 환자를 치료해 주고 있었다. 아! 그것은 진한 감동이었다.

그 장면은 어느 유명한 영화의 한 장면보다도 깊게 나의 심금을 울렸다. 죽음을 목전에 둔, 그래서 자신의 몸 말고는 그 어느 것 하나 돌아보기 힘겨웠을 텐데도 그 환자는 다른 환자에게 도움을 주고 있었다.

그때 비로소 나도 내 주변의 환우를 둘러볼 마음의 여유가 생기는 것을 느꼈다. 그리고 다른 환우들의 도움도 기꺼이 받아들이게 되었다. 건강하고 정상적인 사회에서만 인간적인 교류가 있는 것은 아니었다. 오히려 어려운 사람들끼리 모여 있는 곳에서 더 깊은 정과 위로가 샘솟듯 흘러나왔다. 힘든 항암 치료 과정에서 그나마 마음으로 보듬어 주는 환우를 만난다는 것은 총탄이 빗발치는 전쟁터에서 전우와 함께 있는 것만큼이나 든든한 일이었다.

항암 치료를 받으면서 자가 골수 채취를 시작했다. 각종 주사 바늘을 꽂고 허리뼈에 구멍을 뚫어 골수를 채취했다. 척추 속으로 주사를 놓기도 했다. 골수를 채취하는 세 시간 동안 꼼짝 못 하고 침대에 누워 있으면 어김없이 심리적인 중압감이 찾아왔다.

'아, 나는 앞으로 어떻게 될까. 이대로 죽는 것은 아닌지….'

너무도 부담감이 컸다. 고통은 육체적인 것을 넘어 이제 정신까지 갉아먹고 있었다. 나도 모르게 비명이 터져 나왔다. 눈물을 흘리는 것은 오히려 덜 고통스러울 때 할 수 있는 일이었다. 갑자기 온몸을 관통하는 아픔이 숨 쉬는 것조차 방해했다. 헉헉거리며 가쁜 숨을 몰

아쉬고 나면 정신이 아득해지곤 했다.

그리고 마침내 이 모든 과정을 거쳐 1997년 5월의 항암 치료를 끝으로 백혈구가 정상 수치로 돌아왔다. 한 달 후에 자가 골수 이식 수술을 하기로 하고 가벼운 마음으로 퇴원을 했다. 나는 새로운 희망에 마음이 부풀어 올랐다.

그러나 백혈병은 그렇게 쉽사리 나를 놓아 주질 않았다. 집에 와서 자가 치료를 하고 있는 도중 갑작스럽게 병이 악화된 것이다. 특히 뒷목의 통증이 너무 심했다. 나중에는 통증을 견딜 수 없어 눈이 사시처럼 변해 버렸고, 앉아만 있어도 땀이 쭉쭉 등과 허리를 타고 흘러내렸다. 음식물을 조금이라도 먹으면 푸른색 위액이 나올 때까지 토했다. 결국 퇴원한 지 얼마 지나지 않아 나는 다시 병원에 입원해야만 했다.

게다가 정신착란 증세까지 보였다. 헛것이 보이고 환청이 들리면서 신경과의 진료까지 받게 되었다. 살고 싶은 소망은 또 그렇게 허물어져 가는 것만 같았다. 그렇게 꿋꿋이 내 옆을 지키고 있던 아내도 오열했다. 나중에 들은 얘기지만 아내도 그때 '이제 남편을 잃는구나.'라고 생각을 했다고 한다.

MRI를 두 번이나 찍고 나서야 이상 세포가 신경 쪽으로 침투한 사실이 밝혀졌다. 신경과 치료와 함께 온몸에 침을 꽂고 한방 치료를 병행했지만 통증이 멈추질 않았다. 그러나 아이러니하게도 '이제는 끝이구나.'라는 생각에 젖어 있을 때 서서히 증세가 호전되기 시작했다.

적혈구와 백혈구 수치가 4주에 걸쳐 정상으로 돌아왔다. 의사들은 나 같은 환자는 드물다고 하면서 이렇게 빠른 회복은 기적이라고 했다.

1997년 6월에 자가 골수 이식 수술을 받았다. 자가 골수 이식이란 항암 치료 후 완전 관해寬解 상태에서 자기의 골수 1,000밀리미터를 빼내 고용량의 방사선 항암 치료 후 다시 집어넣는 치료법이다. 이제 살 수 있는 확률은 제로에서 50퍼센트로 올라갔다. 재발 확률도 높고 완치에 대한 보장도 없지만 이식 수술을 받는 것 자체가 또 하나의 희망이었다.

골수 이식 수술을 받기 위해 입원하던 날, 내 뺨을 스쳐 지나가는 바람이 생소하게 느껴졌다. 바람의 느낌이 이랬던가? 그동안 나는 바람 한번 제대로 쐬어보질 못했던 것이다. 자꾸만 가빠오는 듯했던 호흡도 어느덧 차분히 가다듬어지고 있었다.

시원한 그늘처럼

백혈구 수치 100.

백혈구 수치가 더 이상 떨어질 수도 없는 한계점에서 몸의 이곳저곳이 합병증으로 시달리고 있던 때였다. 항암 치료 중이던 옆 침대의 아주머니가 한밤중에 화장실을 가려다 쓰러졌다. 나를 제외한 환자들은 깊이 잠들어 있었고 병실을 지켜야 할 간병인은 눈에 보이질 않았다. 백혈구 수치가 떨어진 나는 그 아주머니를 부축할 수가 없었다. 제대로 나오지도 않는 목소리로 있는 힘껏 소리쳐 간호사를 부르며 콜벨을 눌렀다. 하지만 모두 자리를 비웠는지 아무런 응답이 없었다. 아주머니는 계속 울면서 통증을 호소했다.

처음에는 화가 났다. 그러다가 아무리 불러도 대답이 없는 침묵의 상태가 마치 악몽을 꾸는 듯 무서워졌다. 공포감까지 느꼈다. 내가 만일 저 환자처럼 된다면…. 다행히 잠시 후에 간호사가 와서 사태가 수습되기는 했지만 나는 아침이 올 때까지 진정되지 않는 가슴을 부여잡고 울었다.

'그래 난 지금 분명히 죽음과 삶의 기로에 서 있는 거야….'

그렇게 죽음이라는 절망에 시달리던 병원에서 뜨거운 한여름철의 시원한 그늘처럼 나에게 도움을 건네준 이들은 환우, 의사 그리고 환자 가족이었다.

중년의 암 환자 한 분이 계셨다. 암 환자인 까닭에 건강 상태가 좋지 않았다. 그러나 그분은 늘 밝은 모습으로 함께 투병 중이던 환우들을 돌봐주었다.

"아이고, 오늘은 무엇을 하며 재미있게 지내나? 우리 노래자랑 대회나 한번 합시다. 마음 같아서는 춤 자랑 대회를 하고 싶지만 그러다가 병원에서 쫓겨나면 안 되니까… 자, 자, 김 형부터 한 곡조 뽑아봐요. 잘하면 상품도 있습니다. 일등에게는 두루마리 휴지를 드리겠습니다. 인기상을 받는 분에게는 주스 캔 한 통, 본인이 못 먹으면 보호자에게 드리세요. 김 형, 왜 그렇게 몸을 비비 틀면서 분위기에 찬물을 끼얹어요? 내가 먼저 한 곡 불러보리다. 별빛이 흐르는 다리를 건너 으샤으샤… 나의 아파트!"

옆에 있던 링거 병을 두들기며 박자를 맞추고 어깨춤을 추면서 노래를 한다. 그러곤 자신의 노래 점수가 90점이 나왔으니 자신보다 점수가 높은 사람이 없으면 1등은 자신이라며 다른 환자들의 참여를 재촉했다.

그분은 또 새로 들어온 환자들에게 병원 생활에 대해 시시콜콜 설명을 해주곤 했었다.

"여기서는 이렇게 이렇게 하면 병원비가 싸게 나와요. 어느 간호사가 더 친절하니까 부탁할 일이 있으면 그 간호사에게 부탁하고, 또 어떤 간호사는 이렇게 대하면 신경질적으로 변하니까 조심하고… 빨리 낫고 싶으면 밥을 잘 먹어야 돼요. 토해도 먹고 그래야 합니다. 아프다고 그저 누워만 있지 말고 손가락이라도 움직여요. 운동도 하고 자리에서 일어나 체조도 해야 건강해진다고요."

그는 그 병실에 입원해 있던 나나 다른 환자들에게는 어떤 훌륭한 의사나 간호사, 명약보다 중요한 존재였다. 마음의 상처까지 치료해 주던 그분. 그는 자신이 환자이면서도 다른 사람을 위로해 주고 격려해 주고 배려해 주던 존경스런 사람이었다.

훌륭한 환자가 있다면 훌륭한 의사도 있는 법. 투병 중에 그런 의사 한 사람을 알게 되었다. 내과 수련의로서 이제 막 1년 차인 그는 경험이 풍부하거나 실력이 탁월하다고는 할 수 없는 젊은 의사였다. 그래도 그가 훌륭한 것은 환자복을 입고 있는 사람의 마음속까지 어루만지려고 애쓰는 의사였기 때문이다.

우연한 기회에 알게 된 그 젊은 의사는 얘기 끝에 자신의 경험담을 들려주었다.

"어느 비 오는 초봄이었습니다. 모처럼 일과가 일찍 끝났지요. 막 퇴근을 하려는데 응급실에서 긴급 벨이 울렸습니다. 투덜거리면서 다시 가운을 입고 응급실로 내려가 보았지요. 마음속으로는 주문을 외우듯 제발 '가벼운 상태의 환자였으면…' 하면서 말이지요. 제가 대한 환자는 중년의 여성 환자였습니다. 처음에는 간경변증과 위장관 출혈의 증세가 있는 것으로 봐서 그리 어렵지 않겠구나 생각하며 병원 기록을 훑어보았습니다.

그런데 이상하게도 고열과 심한 빈혈이 동반되었다는 기록이 적혀 있더라고요. 혹시나 싶어서 말초혈구 검사를 해보았더니 백혈구 수치가 10만 개 이상으로 나타났어요. 급성 백혈병 환자였던 겁니다. 백혈병 세포가 뇌로 침입하는 것을 막기 위해 지속적인 항암제 주입 치료를 했지만 가망이 없었습니다. 과연 내가 어떻게 이 환자에게 도움이 될 수 있을까? 말기 암 환자에게는 현대 의학이 별로 도움이 되지 않는다는 것을 알고 있던 터라, 의학적 치료만큼 정신적인 위로가 필요하다는 생각을 했습니다.

그 여성 환자의 머리맡에는 성경과 찬송가가 항상 놓여 있었습니다. 제가 교회를 다니는 것은 아니지만 대학 시절에 학교 채플에서 우연히 배운 찬송가 구절이 생각나더군요. 마지막으로라도 환자에게 고통을 잊고 평안을 전해 주고 싶었습니다. 마음을 추스르고 병실에 들어갔습니다.

'많이 힘드시죠? 오늘은 치료를 위해 온 것이 아니라 좋은 시간을 갖기 위해 왔습니다.'

가운을 옆에 벗어놓고 〈내 주를 가까이하려 함은〉이란 찬송가를 불렀습니다. 그 순간 환자의 표정은 50여 일간의 입원 기간 중 가장

평온한 모습이었습니다. 찬송이 다 끝날 즈음 그 환자가 울먹이며 내게 인사를 건넸어요.

'감사드립니다. 감사드려요.'

며칠 후 그 환자는 죽음을 직감한 듯 이렇게 속삭였습니다.

'선생님, 이제 가족과 조용한 시간을 갖고 싶습니다. 선생님, 고마웠어요.'

밖으로 나와 나는 심전도 계기를 지켜보았습니다. 가족들은 조용한 기도와 함께 찬송가를 불렀고 '엄마, 이제 편안히 지내세요!'란 자녀들의 절규와 함께 계기의 파고는 일직선으로 변했습니다. 병원 근무 중 처음으로 죽음의 의미를 생각하면서 그때부터 저는 의사가 할 수 있는 일에 대해 많은 고민을 하게 되었습니다."

나는 이 얘기를 건네 들으면서 젊은 의사를 더욱 신뢰할 수 있게 되었다. 병원 생활은 지루하기 짝이 없다. 병문안 오는 이들이 반갑고 고마웠지만 잠깐 머물다 가고 나면 가슴 가득 서운함이 배어든다. 그런 외로움 속에서 병실에서 만난 이들은 또 하나의 가족이요, 같은 고통으로 서로를 이해하고 배려해 주는 친구들이었다.

막 군대를 제대한 한 청년도 나에게는 또 다른 친구였다. 그는 가끔씩 내게 찾아와서 이것저것 이야기하다 눈물을 보인 적이 많았다. 지금까지 고생만 하고 살아오신 자신의 어머니가 백혈병이라는 진단을 받고 만 것이다. 더욱이 청년의 어머니는 연세가 너무 많아 수술조차 받을 수가 없었다. 그 친구는 어머니에 대한 연민으로 너무나 가슴 아파했다.

"그동안 너무 속을 썩여 드렸어요. 여태껏 아무것도 해드린 게 없는데, 지금 역시 이렇게 아프신 어머니를 위해 아무것도 할 수 없다니 가슴이 꽉 막힙니다. 저는 정말 불효자입니다."

나는 그 친구가 어머니 곁을 떠나 있는 것을 거의 보지 못했다. 그의 간호가 얼마나 지극했던지…. 그럼에도 불구하고 그의 어머니는 오래 견디지 못하셨다. 안타깝게도 마지막 순간까지 고통스러워하셨다고 한다. 어머니의 죽음 후 나를 찾아온 그 청년은 까칠해진 얼굴 위로 눈물을 쏟아냈다.

"어머니는 돌아가시는 순간에도 이런 말씀을 하셨어요. '괜찮다. 나 때문에 마음 아파하지 마라.' 저 때문에 어머니가 얼마나 고생하셨는지 모르시지요? 생전에 당신 입을 것 한 번은 사신 적이 없어도, 자식들에게 좋은 옷 못 사주셔서 늘 죄인처럼 미안해하셨어요. 당신은 밥알 몇 개 떠 있는 멀건 숭늉으로 식사를 하시면서, 고기반찬 없는 밥상 앞에 앉아 있는 우리 때문에 가슴 아파하셨고요. 또…."

청년은 더 이상 말을 잇지 못했다. 그리고 한참을 울며 엎드려 있다가 그대로 잠이 들어버렸다. 아니 잠이 들었다기보다는 울다 지쳐버렸다는 표현이 맞으리라.

죽은 자를 애도하며 흘리는 눈물. 헤밍웨이의 소설 『누구를 위하여 종은 울리나』가 생각났다. 종은 이미 죽은 자에게 위로가 되지 못한다. 살아 있는 자의 가슴에 쌓여 있는 슬픔을 씻어주는 것이 종을 울리는 이유일지도 모른다.

내가 잘못되면 살아 있는 가족들도 이런 고통을 겪게 되겠구나….
병원에서 투병 생활을 하면서 나보다는 가족의 고통에 점차 마음이
쓰였다. 가족, 그것은 분명 내게는 살아야 할 또 하나의 이유였다.

문 앞에 서 있는 사람들

내 옆 병실에는 어린 소녀가 있었다.

골수성 백혈병에 걸린 열여섯 살의 그 소녀는 항암 치료가 끝난 뒤에도 네 번이나 병이 재발되면서 차츰 자신의 죽음을 사실로 받아들이고 있었다. 허리뼈에 구멍을 뚫어 골수 검사를 하고 머리에 주사를 놓아도 그저 눈만 깜빡거릴 뿐이었다. 그런 것은 얼마 남지 않은 삶이 소녀에게 주는 숙제 같은 것이었다. 싸울 생각까지 포기한 패잔병처럼 소녀는 고통까지 순순히 받아들였다.

만성 골수성 백혈병. 항상 병원 침대에 누워 지내는 소녀가 안쓰러웠다. 몸에는 뼈만 앙상하게 남아 있었다. 소녀의 침대 옆에 걸려 있는 예전의 사진 한 장. 단정하게 교복을 입고 가방을 든 채 친구들과 교문 앞에서 찍은 환한 얼굴의 소녀.

"저는요, 교복이 잘 어울린대요. 다시 입고 싶은데….."

앞으로 입어 보지 못할 교복이기에 더욱 그리워하는 것 같았다.

"얘가 하루는 다리가 아프다고 하더라고요. 한의원에 데려가서 침도 맞히고 내과에 가서 엑스레이를 찍고 나서 물리 치료도 받아보게 했는데… 그러다 시간이 흐르면서 병이 깊어진 셈이죠. 그동안 몸은 몸대로 계속 아프고… 못할 짓을 시켰어요."

백혈구 수치 23만! 백혈병 환자 중에는 다 되면 백혈구 수치가 1천 이하로 떨어지는 경우도 있는 반면 수치가 10만 이상 되는 경우도 있다고 해제하니. 간단하게 혈액 검사만 해도 쉽게 알 수 있는 병을 어렵게 알았다며, 소녀의 부모는 소녀가 받았을 고통 때문에 가슴 아파하며 울었다. 확률 10만분의 1인 백혈병.

"백혈병이라는 진단이 내려지고 애 아빠랑 저는 며칠을 아무것도 못 했어요. 이제까지 한 수십 가지 검사만으로도 아이가 많이 지쳤지요. 오진이 아닐까 하는 실낱 같은 희망도 이젠 버렸어요. 그저 우리 애가 덜 고통스러웠으면 하는 바람뿐이에요…."

소녀의 부모는 말을 잇지 못하고 고개를 떨구며 눈물을 닦았다.

병이 나으면 뭘 하고 싶으냐는 내 질문에 소녀가 대답했다.

"학교에 좋아하는 선생님이 있었어요. 앞에 서 있기만 해도 떨려서 말 한 마디 못 해 봤어요. 친구들이 알면 놀릴까 봐 제 단짝 친구에게만 살짝 말했는데… 그 선생님한테 꽃다발이라도 한번 갖다드리고 싶어요. 그리고 학교 앞 분식점에서 쫄면이랑 떡볶이도 먹었으면 좋겠어요. 그 집 떡볶이 엄청 맵긴 해도 캡으로 맛있거든요. 이 두 가지가 제일 하고 싶은 일이에요."

너무 소박한 소원이지만 그러나 소녀가 이루기에는 벅찬 소원이어서 듣는 내 마음이 슬펐다. 그 소녀는 책 읽는 것을 좋아했다. 고통이 지나고 난 후면 손에는 늘 책을 들고 있었다. 숨 쉬는 것조차 힘들었을 텐데….

소녀는 말했다.

"책마저 저에게 없었다면 아마 병원 생활을 견딜 수 없었을 거예요. 사실 전 병원이 무섭거든요. 책을 읽는 순간만큼은 제가 살아 있다는 것을 확인할 수 있어서 좋아요."

자신이 살아 있음을 느끼고 싶어 하는 소녀.

"예전의 저로 돌아가지 못해도 슬퍼하진 않을 거예요. 길지는 않았지만 살아본 것으로 만족할래요. 제가 걱정되는 것은 엄마와 아빠예요. 제가 죽는다면 엄마 아빠가 얼마나 슬퍼하실까요? 부모님 때문에 살고 싶기는 하지만 억지로 고집부리지는 않을 거예요. 포기하는 것도 하나의 용기인 것 같아요."

죽음을 눈앞에 둔 이 소녀에게 무슨 말을 할 수 있겠는가? 인간인 것이 고통스러워 병상의 천사가 되어 버린 소녀. 그 소녀의 이야기를 듣기만 할 뿐 나는 아무 말도 할 수 없었다.

지하철 문이 닫히며 떠나려고 한다. 지하철 문 사이로 탄 사람과 타지 못한 사람이 서로 쳐다본다. 타지 못한 사람은 안타깝다. 그러나 괜찮다. 다음 지하철이 반드시 올 테니까 말이다. 그러나 삶과 죽음은 그렇지 못하다. 살아 있는 자의 기차가 떠나버리면 남겨질 것은 죽음이므로….

병원에서 같이 투병 생활을 하던 또 다른 사람은 극적으로 지하철 막차를 탄 경우다. 막 닫히는 문을 자신의 온 힘으로 다시 열고 탄 경우라고나 할까? 성격이 활발하여 우스갯소리로 날 즐겁게 해주고 자신의 속마음까지 거침없이 털어놓곤 하던 친구였다.

그 친구는 동대문시장에서 옷 파는 일을 했는데 새벽부터 밤늦게까지 일하다 보니 늘 피곤한 생활을 해야만 했다. 어느 날부터 지하철 계단을 오르면 숨이 차고 입에서 악취가 났으며 몸에 멍 자국과 붉은 반점이 생겼다고 한다.

급기야는 극도의 피로감과 함께 감기가 끊이질 않아 식사조차 할 수 없는 상태가 되자 병원을 찾았고, 혈액 검사 후 집으로 돌아갔는데 저녁에 병원으로부터 전화가 왔단다. 혈액 종양이 의심되니 골수 검사를 해야 한다는 뜻밖의 얘기였다.

"수화기를 든 채 아내와 딸을 보니 기가 막혔죠. 아내에게 말도 못 하고 골수 검사를 받으러 병원을 혼자 찾아갔어요. 그 순간이 지금도 잊히지 않네요. 얼마나 무섭고 두렵던지···. '급성 골수성 백혈병.' 백혈구 4만, 혈소판 1만. 언제든 뇌출혈이 발생할 수가 있으니 바로 입원해 치료하자고 의사 선생님이 말씀하시더군요."

대부분의 백혈병 환자처럼 그도 망설였다고 한다. 모아둔 돈도 없고 어차피 죽을 것, 가족들 고생만 시키는 것은 아닌가 하고 몇 날을 고민하다가 아내에게 사실을 말하고 입원을 하게 되었다고.

나는 스스로 정신력이 강하다고 생각했으나 그 사람의 정신력은 놀랍기만 했다. 그는 입원 후 자신의 아내조차 병원에 오지 못하게 했을 정도였다. 옆에 있으면 의지하게 되고 나약해질 것 같아 병실 출입을 금지시켰다는 말을 덧붙였다.

그는 구토 증세가 심할 때도 억지로 밥을 먹었으며, 체온이 42도를 오르내려서 오한에 떨면서도 혼자서 버텨냈다. 머리카락이 다 빠져버린 상태에서도 큰 소리로 노래를 부르곤 해서 나를 놀라게 하기도 했다. 동생이 두 명 있었으나 골수가 맞지 않아 다른 사람의 골수 이식을 위해 혈액원에 신청을 했는데, 다행히 한 달 후 골수 기증자를 찾았다는 연락이 왔단다. 하지만 기쁨도 잠시… 기증자가 여러 가지 사정을 이유로 기증을 거부했다며 씁쓸해 하던 그는 결국 나와 같이 자가 이식을 준비해야만 했다.

"무균실에서 하루 200알이 넘는 약을 먹으면서 설사와 심한 구강염으로 물 한 모금 삼키기가 어려웠어요. 그야말로 영양제에 의존해서 산 셈이죠. 26일 동안 무균실에서 잠 한숨 못 잘 만큼 고통이 심했지요."

그런 암울한 상황에서도 그는 자신을 믿는다고 했다. 자가 이식 수술을 앞두고도 너무 담담해했다. 그의 수술은 그가 장담했던 것처럼 성공적이었다. 그는 얼마 후 퇴원을 했다. 퇴원한 후에도 가끔씩 나를 찾아주었다. 나에게 위로도 해주며 나보다 먼저 입원했던 선배로서 도움이 되는 말도 많이 해주었다. 나와 같은 처지에 놓여 있었지만 그는 철저히 혼자서 병을 이겨냈다. 나를 비롯해 대다수의 백혈병 환자들이 모두 다 외롭다고 투덜대는 데 비해 그는 자신만이 병을 이겨낼 수 있다는 것을 알고 혼자서 모든 것을 해냈다.

그 사람의 얘기를 들은 후 나도 내 고통을 담대히 받아들이기로 했다.

그가 참고 이겨냈다면 나도 이길 수 있으리라! 그는 나에게 선의의 경쟁자였다.

기로에 서 있던 또 한 명의 환자가 있었다. 끈질기게 삶에 매달렸던 환자로 내 동생 창용이를 통해 알게 된 사람이었다. 동생은 내가 병원에 있는 동안 거의 매일 내 곁을 지켰다. 내 옆에서 시중들기도 바쁠 텐데 옆 병실에 불쌍한 사람이 있다며 잠깐이라도 짬이 나면 그곳에서 시간을 보냈다. 밤에는 가족들이 퇴근하고 병원으로 오기 때문에 곁에 있지만 낮에는 환자 곁에 아무도 없다면서 자주 들여다보곤 했다.

백혈병을 고치기 위해서는 많은 병원비를 감당해야 하는 것이 가족들의 또 다른 어려움이었다. 환자 가족들은 병원비를 마련하느라 낮에는 병실에 있을 수 없었다. 곁에서 시중도 들고 말벗도 해주던 동생을 그 환자는 무척 고마워했고 나와도 자연스레 친해졌다.

"저는 회사에 다니고 있었습니다. 그런데 갑자기 몸 상태가 좋지 않더군요. 감기도 자주 걸리고 평소와는 달리 머리도 아프고, 계단을 오를 때면 숨이 차서 쉬었다가 올라가곤 했지요. 피곤해서 그런가 보다 했는데…. 그러던 어느 날 회사 일을 끝내고 동료들과 어울려 축구를 하던 중 숨이 차고 머리가 깨질 정도로 아파왔습니다."

다리도 많이 부어 잠시 휴식을 취한 뒤 근처 병원에 갔다고 한다. 의사는 증세를 듣고 나서 피 검사를 받게 했다. 검사 결과 백혈구 수치가 높은 것으로 나왔다. 의사는 종합병원으로 가서 종합검사를 받아보라고 권했다.

"설마 별일이야 있겠냐 싶었습니다. 그래서 그냥 약국에서 진통제를 사먹고 말았지요. 그런데 일을 하던 중 앞을 볼 수 없을 정도로 머리에 극심한 통증이 왔습니다. 간신히 일을 마치고 누님에게 가서 말을 했지요. 다음 날 아침 종합병원에 가서 다시 피 검사를 했는데 이번에도 수치가 높게 나왔었어요. 백혈병이 의심된다고 하더군요. 골수 검사를 했고 그 결과 만성 골수성 백혈병으로 최종 병명이 나왔어요."

이 사실을 알게 된 그의 가족들이 다 모였고 형제들도 골수 검사를 받기로 했다. 다행히 둘째형님과 골수가 일치했다. 그러나 기쁨도 잠시, 자영업을 하는 형님은 건강이 좋지 않아 위험 부담을 안은 채 부분 마취로 골수를 채취해야만 할 형편이었다. 의사는 3개월 안에 골수 이식을 해야 한다고 했지만 넉넉지 않은 집안 살림 때문에 수술을 1년간 미뤄야만 했다.

"정기적으로 검사를 받으며 약도 복용하고 동시에 직장 생활도 다시 하기로 했지요. 병원비를 조금이라도 보태고 싶었습니다. 수술하기 한 달 전 무균실에 입원했습니다. 오전에 한 번, 오후에 한 번 방사선 치료를 받았죠. 둘째 날부터 구토와 매스꺼운 증상이 나타났어요. 5일간 항암치료를 마치고 다시 6일간 항암치료를 받았습니다. 형님의 골수 채취도 순조롭게 이뤄졌습니다. 형님의 골수가 제 몸에 들어오던 날의 느낌이 지금도 생생합니다."

수술은 성공적으로 끝난 듯 보였다. 그러나 생각지 않았던 곳에서 문제가 터졌다. 수술 후 15일이 지나도 백혈구와 혈소판 수치가 정상이 되지 않은 것이다. 재검사 결과 골수는 착상이 되었는데 비장에서 백혈구와 혈소판을 가로막는 것 같으니 비장 수술을 해야만 한다고 하였다. 문제는 수술 과정에서 출혈이 멈추지 않으면 죽는 경우도 있다는 것이었다. 부모님은 처음에는 수술을 반대했지만 저녁 늦게 아버지가 오셨단다.

"수술을 믿는 게 아니라 너를 믿는다. 잘 해내야 한다."

"수술 날 아침 무균실 창밖을 보고 있었어요. 먼발치 나뭇가지에 새가 앉아 있었죠. 그 새를 보며 다시 살아나서 자유롭게 다닐 것을 다짐했습니다. 11시에 시작한 수술은 두 시간이 더 걸렸어요."

다행히 수술은 성공적으로 끝났고, 마취가 풀려서 통증이 무척 심했지만 하루에도 몇 번씩 진통제를 맞으며 견뎠다고 한다. 결국 백혈구와 혈소판 수치가 정상으로 돌아왔고 비장 수술 후 15일 만에 퇴원을 할 수 있었다고.

그의 이야기를 들으면서 살고자 하는 의지가 얼마나 중요한지 새삼 느꼈다.

그로부터 몇 달 후 나 역시 수술을 받고 퇴원하게 되었다. 비록 나와 맞는 골수가 없어 자가 골수 이식을 해야 했지만 경우의 수는 두 가지였다. 살거나, 죽거나! 이식 후에도 재발되는 경우가 많았고 완치는 보장되지 않았다. 과연 나는 어느 쪽으로 갈 것인가? 막 닫히기 시작하는 저 삶의 문으로 들어갈 수 있을까?

나는 병상에서 생각하고 또 생각하는 철학자가 다 되어 있었다.

아내의 일기

1996. 10. 10.

남편이 어제 경희대 병원에 입원을 했다. 아무 생각 없이 과일과 빙수를 사갔다. 제대로 먹지 못하는 남편. 조금이라도 먹었으면 하는 마음에 권했는데… 담당 의사가 답답한 표정으로 나를 쳐다보고는 나갔다. 남편은 그런 음식을 먹어서는 안 된단다. 갑자기 모든 상황이 심각하게 다가온다.

1996. 10. 14.

어떻게 이런 일이 우리에게 있을 수 있나. 백혈병이라니… 아마 오진이겠지. 억지로 마음을 가라앉혀 본다. 남편 역시 이런 현실을 받아들일 수 없나 보다. 너무 혼돈스러워한다. 아무렇지도 않은 듯 웃다가도 잠시 후에 보면 허탈한 표정으로 창밖만 본다.

철없는 효진이가 병원에 와서 아빠가 누워 있는 걸 보더니 저도 같이 눕겠다고 떼를 썼다. 남편은 눈물을 보였다.

"아빠 많이 아파? 내가 노래 불러줄게. 그러면 빨리 나을 거야. 곰 네 마리가 한 집에 있어 아빠 곰 엄마 곰 형아 곰 효진이 곰…."

나도 울고 말았다.

1996. 10. 29.

남편이 성모병원으로 옮긴 지 벌써 보름이 지났다. 편도가 아직 부어 있어서 항암 치료를 받지도 못한 채 1인용 병실에 누워 있다. 어제 면회 갔더니 내 손을 붙들고 하염없이 울기만 한다. 고작 30분 면회 시간이라 우리는 몇 마디 말도 하지 못했다.

돌아오는 길에 서점에 들러서 암에 관한 책 몇 권을 사 왔다. 남편에게 평소 나타났던 증세와 일치하는 내용이 책 곳곳에 있어 내 자신에게 화가 난다. 좀 더 일찍 알 수도 있었을 텐데….

초기 암 환자의 경우 좋은 물과 공기가 있는 시골의 요양 생활이 병의 진행을 늦출 수도 있다는 내용도 있다. 갑자기 시골로 이사 가자고 조르던 남편이 생각난다. 그때 왜 그렇게 안 된다고 고집을 피웠을까? 내 욕심 때문이었겠지!

산소마스크를 쓴 채로 침대에 누워 있어야 하는 당신, 제발 나를 위해서라도 힘을 내세요. 나에게도 기회를 주어야 하잖아요?

1996. 11. 9.

날씨가 참 좋다.

잠깐 밖에 나가 보니 쌩한 느낌이 며칠 전과는 사뭇 다르다. 바깥 공기 쐰 지도 3일쯤 됐나 보다. 5일 전에는 13층 무균실로 옮겼다. 편도가 치료되어 무균실로 옮겨진 게 너무 기뻤다.

'이제 본격적으로 항암 치료를 받을 수 있겠구나….'

의사 선생님이 보호자도 힘들 거라 말했지만 그때는 이렇게까지 힘들 줄 몰랐다.

세상을 살아오면서 한 번도 생각하지 못했던 중환자 무균실 병동. 백혈병 환자는 왜 그렇게 많은지… 이 무균실에만 8명의 환자가 비닐 칸막이 속에서 저마다 삶을 향한 몸부림을 치고 있다.

그중에서도 남편은 상태가 제일 안 좋다. 혼자서 일어설 기운도 없이 얼굴은 백지장처럼 하얗다. 백혈구 수치도 계속 내려가고 있다. 그렇게 의지가 강하던 사람이 밥도 먹지 않겠다고 떼를 쓴다. 나와 같이 화장실에 가서 대변보는 일이 그렇게 자존심이 상할까?

남동생은 몇 시에 오느냐고 묻는 남편. 좌욕을 시키려니 남편은 뭐가 그리 화가 나 있는지 입술을 꽉 깨물고 있었다. 나도 화가 나서 한마디 하고 말았다.

"당신 자존심만 그렇게 중요하고 내가 힘든 것은 아무것도 아니에요? 하루 종일 당신한테 매달려서 진땀을 흘리는 나는 뭐예요?"라고 소리 지르고 나니 곧이어 이건 아닌데 하는 후회가 밀려든다.

무작정 병원 밖으로 나왔다. 차에 온갖 장식을 하고 정답게 도란도란 이야기하며 행복한 웃음을 짓고 있는 신혼부부가 눈에 들어왔다. 순간 눈물이 핑 돌았다. 나도 저럴 때가 있었는데… 지금은 다른 세상 이야기 같다.

1996. 11. 20.

백혈구 수치 100.

체온 40도, 각혈 증세….

"하나님, 도와주세요!"

1996. 11. 25.

남편은 울면서 밥을 먹는다. "의진아! 효진아!"를 되뇌며 숟가락을 든다. 밥 한 숟가락 입에 넣기가 그렇게 힘이 드는지 먹는 둥 마는 둥. 잠시 후엔 다시 토한다.

그래도 남편은 며칠 전보다 훨씬 상태가 좋아졌다. 모든 일에 짜증만 내던 그이가 오늘은 내 손을 잡고 말했다.

"여보, 내 열심히 해볼게."

나는 또 눈물을 닦았다.

1996. 11. 30.

백혈구 수치 800.

아무것도 아니지만 더 이상 내려갈 수 없는 상태에서 얻은 값진 숫자다. 남편은 이 숫자를 얻기 위해 강도 높은 항암제 치료를 견뎌야 했다. 온몸이 멋대로 꼬여 가고 손가락이 구부러져서 펴지질 않았다. 게다가 이제는 머리카락이 한 움큼씩 빠진다.

삭발을 한 남편의 머리.

"야, 시원하다. 머리 깎으니까 어때? 한 인물 나지?"

남편은 웃으면서 말했지만 나는 차마 제대로 볼 수가 없었다.

1996. 12. 10.

옆 침대에 있던 환자가 일반 병실로 옮겼다.

남편은 몇 번이나 "좋겠다!"는 말만 했다. 부러워하는 표정을 감추려 하지도 않는다.

무균실 생활이 벌써 한 달. 모든 게 싫증도 나겠지. 요즘은 갑자기 칼국수가 먹고 싶단다.

"나가면 꼭 칼국수를 먹을 거야!"

얼마나 진지하게 이야기하는지 가슴이 미어졌다. 그이가 건강해질 때까진 절대로 칼국수를 먹지 않겠다!

1996. 12. 20.

올 한 해는 잊지 못하겠지? 지우개라도 있으면 싹 지워버리고 싶다.

오늘은 의사 선생님이 오셔서 혈소판 이야기를 하신다. 남편의 혈소판 수치가 너무 낮으니 수혈을 매일 해야겠다는 말씀이시다. 한 번 수혈할 때마다 약 6명의 혈액이 필요하다. 6명! 몇 군데 전화를 해서 일단 내일 수혈해 줄 혈소판 공여자를 구했다.

1시간 30분 정도 걸린다는 말에 어떤 이는 피를 얼마나 뽑기에 그러냐며 기겁을 한다. 난감해하다가 백혈병 후원 단체에 연락을 했더니 잠시 후 병원으로 전화가 왔다. 자신을 간단히 소개하고는 몇 시에 가면 되냐고 묻는다. 자신은 한 달 전에도 헌혈을 했단다. 그렇게 자주 해도 몸이 상하지 않느냐고 걱정했더니 시원시원한 목소리로 1주일이면 회복되어 다시 헌혈할 수 있는 거란다. 저녁에 남편에게 그 이야기를 했더니 눈시울이 빨개진다.

"난 헌혈도 한 번 못 했는데….''

목이 멘 목소리로 남편이 조그맣게 말한다.

이 세상에는 남모르게 사랑을 실천하는 이들이 너무 많다. 전화 한 통화에도 흔쾌히 응해주는 낯선 사람들! 힘이 난다. 그리고 감사하다.

1996. 12. 25.

크리스마스. 집에 전화를 했다.

아이들을 돌봐주고 있는 조카가 받기에 아이들을 좀 바꿔 달라고 했더니 둘이 서로 싸우는 소리가 들린다. 급기야는 울음소리….

엄마 전화를 서로 받겠다고 매번 싸운다. 엄마 아빠도 없이 고아처럼 살고 있는 아이들. 비참한 기분이다. 병실에 와보니 잠들어 있는 남편. 불쌍한 남편이 미워진다.

1997. 1. 4.

해가 바뀐 지 벌써 4일이 지났다. 남편은 옆방에 잠들어 있다.

오늘 퇴원했다.

비록 한 달 후 다시 입원해서 항암 치료를 받아야 하지만 지금 기분으로는 다 나은 것 같다. 1주일 전 55일 만에 13층 무균실에서 일반 무균실로 옮기던 날, 정말 기뻐서 눈물이 났다. 죽음의 고비를 넘겨준 남편이 무척 고마웠다. 일반 병실에서 잠시 몸을 추스르고 드디어 오늘 집으로 오는 차 안에서 남편은 오랜만에 편안해 보였다. 그래도 난 아직 불안해서 잠든 남편의 숨소리를 갓난아이 돌보듯 몇 번씩이나 확인해 보았다.

1997. 1. 30.

낮에 부엌에서 일하고 있는데 효진이가 자지러지게 울었다. 놀라서 가보니 의자 위에 앉아 있다가 떨어졌단다. 그 옆에 있던 남편은 떨어진 자신의 아이를 보듬어 줄 힘도 없어서 그냥 손만 내밀고 있다. 비록 퇴원은 했지만 몸은 많이 지쳐 있는 상태다.

아직은 화장실 갈 힘도 없다. 게다가 관절 마디마디의 통증으로 너무 고통스러워한다. 효진이는 이런 아빠가 낯설고 무서웠는지 가까이 가려 하지 않는다. 온전한 혈관을 찾느라 여기저기 바늘 자국으로 시퍼렇게 멍이 든 팔과 다리, 모두 빠져버린 머리카락, 20킬로그램 이상 줄어든 몸무게….

"엄마, 나 아빠 무서워요. 아빠 싫어요."

매달리는 막내에게 아무리 설명해 줘도 막무가내다. 엉덩이를 몇 대 때리면서 그런 말 하는 게 아니라고 나도 모르게 소리를 질렀다.

화가 난 내 태도에 더 놀랐는지 제 방에 가서 흐느껴 운다. 왜 요즘 내 감정이 이렇게 통제 불능일까.

어쩔 수 없는 상황인 줄 알면서도 나에게 기대는 가족들이 오늘은 무척 힘겹다.

1997. 2. 3.

남편은 며칠 전부터 예민해졌다. 뛰어다니는 효진이에게도 소리를 지른다. 아마도 재입원해서 항암 치료 받을 일이 너무 끔찍한가 보다. 첫 번째는 자세히 모르는 상태에서 급하게 입원했지만, 그 고통스런 항암 치료를 겪고 난 남편은 어젯밤 잠도 한숨 못 자고 계속 뒤척였다.

내일이 입원하는 날. 병원에서 쓸 물건을 챙기다 보니 나도 우울하다.

1997. 2. 10.

1차 항암 치료 결과 백혈구 수치도 거의 정상에 가깝다고 했는데 2차 치료 중에는 오히려 수치가 떨어지고 있다. 잇몸과 목이 심하게 부었다. 구토도 심하게 하고 설사도 멈추질 않는다. 급기야 항문도 헐었다. 한 움큼의 알약을 입 속에 털어 넣으며 "난 잘 해낼 거야."란 말을 기계적으로 되뇌는 남편.

1년 안에 수술을 해야 결과가 좋아진다는 의사 선생님의 말.

나는 초조하기 그지없다.

1997. 3. 5.

관해寬解!

관해가 와야 하는데, 빨리 와야 하는데, 도대체 오기는 하는 건가? 내 인생에서 이처럼 초조하게 뭔가를 기다려 본 게 언제던가? 사법 시험 결과도 이처럼 초조하지는 않았다. 관해가 와야지 이식 수술을 할 수 있다는데 아직은 암세포가 보인다는 말에 너무 실망스럽다.

1997. 4. 5.

환자를 살리기 위해서 시골로 집을 옮겨야 한다. 병나기 전에 남편 은 매일 시골로 이사 가자고 졸랐다. 병원에서도 서울로는 퇴원하기 싫다고 했다. 집을 구하기 위해 무작정 서점으로 달려가 매물로 나온 전원주택을 찾았다. 1년 된 반통나무집, 양수리에서 5분 거리…. 계 약금을 구하여 양수리 버스를 탔다.

1997. 4. 13.

남편은 요즘 모든 것을 초월한 사람 같다. 병실에서도 다른 환우 걱정을 하기도 한다. 어제는 갑자기 나를 부르더니 이렇게 이야기한다.

"당신이나 아이들이 이런 병에 걸리지 않아서 다행이야. 하나님 보시기에 내가 제일 적합했나 봐. 만약 당신이 백혈병에 걸렸더라면 나는 피가 말라 죽었을 거야. 당신처럼 간병하는 거 나는 못 할 것 같아. 여보, 고마워."

사실 난 때로는 남편이 미울 때도 많았는데… 너무 힘들게 해서 화를 낸 적도 많았고….

그런데 저 사람은 그런 생각을 했었구나. 자신이 이런 고통을 당하는 것을 감사하고 있었구나. 나는 아직도 부족한 점이 너무 많다.

엊그제는 친한 언니에게 내 처지를 하소연했다. 왜 하나님은 나에게 이런 시련을 주시는지, 왜 남편을 죽을병에 걸리게 한 건지….

"완벽하고 훌륭한 사람에게 배우자가 왜 필요하겠니? 완벽한 배우자를 만나서 행복하게 사는 결혼 생활, 그것은 하나님이 바라는 결혼이 아닐 거야. 상대가 부족하고 아플 때 보듬어 주면서 위로하는 것이 진정한 결혼의 의미가 아닐까? 특히 자기가 사랑하는 사람을 위해 헌신한다는 것은 그 어떤 것보다 고귀할 거야."

그때는 그냥 흘려들었는데 오늘 다시 생각해 보니 맞는 말이다.

1997. 4. 19.

경기도 양평군 양서면 부용리.

우리의 새집 주소다. 동대문 제기동, 그 복잡한 곳에 살다 이 한적한 곳에 오니 나는 적응이 잘 안 된다. 남편은 새로 이사한 집이 궁금한지 병원에서 계속 이것저것 물어본다.

'여보 당신 소원대로 이사했으니 조금만 더 건강해지세요.'

1997. 4. 25.

퇴원해서 집에 온 남편이 밤에 갑자기 열이 났다. 응급실로 달리는 차 안에서 얼마나 긴장했는지 막상 내릴 때는 다리가 후들거리고 어깨가 뻣뻣해서 움직일 수가 없었다.

운전면허 딴 지 겨우 3개월. 무슨 배짱으로 그렇게 달렸는지 모르겠다. 이 차가 저 낭떠러지로 구르는 건 아닐까? 아이들을 혹시 고아로 만드는 건 아닐까? 온갖 나쁜 상상을 하며 오다 보니 머릿속이 멍해진다.

다행히 열은 내렸다. 집으로 돌아오는 길, 남편도 내 운전 실력이 미덥지 않은지 불안한 눈치다.

"여보, 그냥 누워 있어요."

말은 그렇게 했지만 손은 덜덜덜 떨렸다. 아무래도 좀 더 기술을 익히든지, 큰 차가 있든지 해야겠다.

1997. 5. 3.

항암 치료가 끝났다.

관해(寬解)가 드디어 왔다. 얄미운 녀석. 기왕에 올 거면 좀 더 일찍 오지.

자가 이식 수술을 예약했다. 너무 기분이 좋아 전화로 수십 군데 연락을 했다.

"다음 달에 다시 만납시다."

"예! 선생님."

내 목소리에 힘이 들어갔나 보다. 너털웃음을 웃으며 담당 주치의 선생님이 나가셨다.

85
먼 길에 홀로되어

1997. 5. 24.

뜻밖에 남편은 상태가 좋지 않다. 지금 현재 병원에 다시 입원 중이다.

퇴원 후 얼마 지나지 않아 갑자기 악화되었다. 여기저기 아프다고 하기에 그저 항암 치료의 부작용인 줄로만 알았다. 눈이 사시가 되면서 오한이 나더니 구토 증세가 심하게 반복됐다. MRI를 두 번씩이나 찍고 결과를 기다리고 있다. 오, 맙소사! 어쩌면 좋을까?

1997. 5. 26.

결과가 나왔다. 이상 세포가 뇌신경 조직에 침투했다고 한다. 남편은 계속 헛소리를 해댄다. 그러다 가끔 정신이 들면 더 고통스러워한다. 이제 다 끝났다고 생각했는데 다시 원점으로 돌아간 건 아닌지. 차라리 그 이상 세포가 내 신경에 침투했으면 좋겠다. 더 이상 수용할 수 없는 이 현실을 잊어버리도록….

1997. 6. 8.

갑자기 남편이 나에게 헤어지자고 한다. 자기는 나에게 해준 것이 하나도 없고 기생충처럼 내 인생을 갉아먹고 있다는 극단적인 표현을 쓴다. 그러는 남편을 참을 수 없어서 그러자고 했다.

"당신처럼 자신만 아는 사람은 이제 더 이상 남편이라고 하고 싶지 않다."

자기 마음 편하기 위해서 상대방 마음에 대못을 박는 사람하고는 더 이상 살고 싶지 않다며 마구 화를 내며 싸웠다.

나쁜 사람!

1997. 6. 11.

병실에 들어가자 뭔가를 끄적거리던 남편이 흠칫 놀라며 치운다. 모른 체했다.

잠시 후 잠든 남편의 베개 밑에서 종이를 찾았다.

유서!

가슴이 철렁 내려앉는다.

유서라니! 나는 아직 포기하지 않고 있는데….

남편은 모든 걸 놔버린 듯한 모습으로 자고 있다.

사랑하는 혜린에게.

참 힘든 1년이었소. 내가 힘들고 고통스러운 만큼 당신도 어려운 시간을 보냈을 거요.

우리가 알고 지낸 지 벌써 10년이 지났는데… 혹 지난 8개월이 그 10년의 시간을 지워버린 것은 아닌지 걱정이오. 어제는 간이침대에서 새우잠을 자던 당신을 보았소. 피곤에 지친 모습! 내 손으로 당신 이마에 어지러이 흐트러진 머리카락을 쓰다듬어 주고 싶었지만 마음뿐. 당신에게 그 정도도 해줄 수 없는 내가 미워서 한참을 울었소.

결혼 전 나는 당신의 버팀목이 되어주고 싶었소. 세상 풍파를 막아주는 방파제가 되고 싶었소. 하지만 이제 문틈으로 부는 바람으로 인해 흔들거리는 촛불 하나 지켜줄 수 없는 처지가 되었소.

그러나 기억해 주오. 내 마음은 당신과 함께였다는 것을, 당신과 함께할 거라는 것을! 당신과 함께 있을 아이들은 걱정하지 않기로 했소. 다만 당신 혼자 짊어져야 할 삶의 무게가 가슴 아플 뿐이오. 건강해지면 당신과 함께 이대 앞 레스토랑에 가겠다는 약속을 지키지 못해서 정말 미안하오. 마지막으로 내 인생의 끝에 당신이 있어서 참으로 행복했다는 고백의 말을 전하오.

뜻하지 않은 병마와 싸워도 당신과 함께 싸웠기에 행복했소….

기가 막혔다.

그러나 이걸 쓸 때 남편의 마음이 어땠을까 생각해 보니 중요한 것은 내 감정이 아니었다. 내 머리카락을 쓸어 올려주고 싶어 하던 남편. 나는 그만 울고 말았다.

'여보, 죽으나 사나 나는 당신 아내입니다.'

1997. 6. 18.

남편은 병세가 호전되고 있다. 신경과에서 치료를 받은 게 효과가 있었을까? 병원에서조차 갑자기 악화된 원인과 호전되는 원인을 정확히 모르겠다고 한다.

그러나 나는 호전되는 이유 중 한 가지는 알고 있다. 남편은 아직 우리와 작별하고 싶지 않은 거다.

'하나님, 마지막 도움을 간절히 기다립니다.'

1997. 6. 21.

"기적입니다. 4주 만에 다시 백혈구가 정상으로 돌아왔어요."

담당 의사가 말했다.

"이틀 후에 자가 이식 수술을 합시다."

의사가 나간 후 남편은 말했다.

"여보, 나 수술 받으면 다 나을 것 같은 기분이 들어. 병원에서 나가면 제일 먼저 칼국수 먹을 거야. 그리고 수박도 먹을 거고. 여행도 가고 싶어. 아 참! 당신과 학교 앞 〈3막 5장〉 레스토랑도 가자."

남편은 어느덧 유서를 새까맣게 잊고 있었다.

너무 소박한 소원들….

그러나 남편은 그 소원을 이루기 위해 이제 죽음과 맞서는 마지막 싸움을 하고 있다.

1997. 7. 19.

퇴원.

가슴이 벅차서 더 이상 쓸 말이 생각나질 않는다.

1997. 8. 5.

아직은 힘들어 하지만 특별한 부작용은 나타나질 않는다.

앞으로 6개월.

천사 같은 몸과 마음으로 살아야 다시 인간으로 태어날 수 있는 기간.

감사한 요즈음, 힘든 헌혈 열심히 해주셨던 분들이 정말 고맙다.

Chapter 3
함께 가는 길

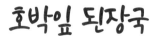

호박잎 된장국

'재발'이란 카드는 일생 동안 나를 따라다닐 거라고 의사는 퇴원 시 나에게 말했다.

백혈병, 무시무시한 병인 동시에 씁쓸한 미소를 짓게 하는 병. '너 죽고 싶지 않으면 깨끗하게 잘 살아!'라고 협박하는 병이다. 항상 깨끗하게 살 것을 요구하는 병. 새로운 것으로 채우기 위해 버릴 것은 다 버리고 스스로 비어 있어야 한다.

수술 후 6개월.

그야말로 치료의 성공 여부를 가름 짓는, 환자와 가족들에게는 피 말리는 시간이다. 수술을 해도 재발 가능성이 높고, 만약 재발하면 대부분 사망하게 되는 기간이기 때문이다. 6개월 동안 2~3일 또는 1주일 간격으로 검진을 받으면서 조마조마 진단 결과를 기다리던 기억이 새롭다. 아내는 잠을 자다가도 한밤중에 벌떡 일어나서 내 가슴에

귀를 대보거나 손가락을 코밑에 대며 숨소리를 확인하고는 다시 자리에 눕곤 했다.

항암 치료를 받으며 요양 생활을 위해 이사한 경기도 양평의 전원 주택 단지에는 나 말고도 암 치료 때문에 거주하던 몇 분이 있었다. 그러나 퇴원하고 집에서 요양하던 3개월 동안 근처에서 요양하던 분들 중 두 분이나 죽음을 맞이하였다. 그분들 역시 골수 이식을 한 환자들이었다. 골수 이식 후 희망에 차서 병원 문을 나섰지만 하루하루가 살얼음판을 걷는 듯한 심정이었다. 이쪽으로 가면 깨지지 않을까? 발밑에선 얼음판이 깨지는 소리가 '파사삭' 들리는 듯했다.

가족들이 모두 초비상 상태가 된 것은 말할 필요도 없다.

감기 기운이라도 있다 싶으면 아내는 그길로 차를 몰고 양수리에서 서울의 응급실로 향했다. 환자인 나를 위해 갓 운전면허를 딴 아내는 운전대를 잡을 때마다 자칫 아이들이 고아가 될지도 모른다는 불안감에 몇 번이고 속으로 눈물을 삼켜야만 했단다.

한 번은 큰아이가 수두에 걸린 적이 있었다. 열이 나고 아파서 끙끙거리면서도 아이는 오히려 나를 걱정했다.

"아빠, 저쪽으로 가. 나한테 가까이 오면 안 돼. 아빠한테 전염되면 어떡해? 나는 괜찮아."

아픈 아이의 손 한번 잡아주지도 못하고 가까이 있는 것도 불안하여 멀리 떨어져 있어야만 했던 그때의 심정은 그 무엇으로도 설명할 길이 없다.

게다가 식이요법을 해야 하는 나 때문에 밥상은 항상 풀투성이였다.

염분, 당분 등의 제한으로 거의 자연상태로 생식이나 별 차이 없던 밥상을 대해야 했던 아이들. 둘째가 반찬 투정을 부리면 첫째가 점잖게 나무라곤 했다.

"나는 이런 반찬이 더 좋아. 아빠랑 같이 먹을 수 있으니까. 너는 아빠가 병원에 있고 우리만 맛있는 반찬 먹으면 좋겠니? 맛없는 반찬이지만 아빠랑 같이 먹으니까 나는 좋은 반찬이 필요 없어."

아이들은 제대로 응석도 부리지 못한 채 포기하는 법과 인내하는 법을 먼저 배운 듯했다. 그런 아이들에게 나는 한없이 미안한 아빠였다.

자가 이식 수술 후 한 달 동안은 맛을 느낄 수가 없었다. 그러니 아무리 식이요법의 중요성을 알고 있다고 해도 생각만큼 먹히지가 않았다.

어느 날 갑자기 어렸을 때 어머니가 해주시던 된장국이 생각났다. 호박잎을 넣고 구수하게 끓여주시던 시골 된장국!

입에 침이 돌았다. 아내에게 그 이야기를 했더니 아내는 마침 집 뒤의 텃밭에서 호박잎을 봤다면서 그 길로 달려 나갔다. 그런데 잠시 후 마구 고함치는 소리가 들렸다. 무슨 일인가 놀라 창문 밖을 봤더니 웬 할머니가 아내에게 막말로 욕을 해대며 소리를 버럭 지르고 있지 않은가?

"이년아, 할 짓이 없어서 남의 텃밭에서 호박잎을 훔쳐가? 멀쩡하게 생긴 젊은 년이 잘도 한다. 어쩐지 호박잎이 자꾸 없어진다 했더니 다 네 년 짓이구나. 아이고, 동네 사람들 빨리 나와 보라고. 이래서 서울 연놈들은 하나같이 도둑놈들이고말고. 여기 도둑년이 있어요. 새파랗게 젊은 것이 어디 할 짓이 없어서 도둑질이여!"

"아니에요, 할머니. 제가 돈을 드릴게요. 죽을병에 걸린 사람인데요, 호박잎을 먹고 싶다 해서요. 조금만 뜯어갈게요. 장까지 가려면 시간이 걸려서 그래요."

"무슨 헛소리여! 돈도 필요 없어. 그것 다 놓고 빨리 없어져."

아내는 계속해 애원을 하면서 굽실거렸고 그걸 보는 내 마음은 마치 어릴 적 어머니가 남의 돈을 갚지 못해서 뺨을 맞던 모습을 보는 듯 기가 막혔다. 오랜만에 찾아온 남편의 입맛을 살려주기 위해 '도둑년' 소리까지 들어야 했던 아내 앞에서 나는 눈물을 속으로 삼킨 채 숟가락을 들어야 했다.

"여보, 옛날에 먹던 그 맛이 나요? 급하게 끓여서 제대로 맛이 나나 몰라. 당신이 밥 한 그릇 비우는 걸 보는 게 내 소원이야. 제발 많이 먹어요."

내 표정이 일그러져 있는 걸 본 아내는 조그만 목소리로 이렇게 얘기했다.

"당신만 좋으면 나는 괜찮아요."

아내와 아이들의 지극한 간병과 사랑으로 나는 중요한 고비를 넘길 수 있었다.

'6개월'이라는 절체절명의 안정 시한을 무사히 통과한 것이다. 죽음의 공포에서 벗어나 삶의 빛으로 더 다가서게 되었다.

2학기 대학 강의를 앞두고 어떻게 해야 할지 고민이 안 될 수 없었다. 주위에서는 더 휴직하라고 만류하는 사람들이 많았다. 병가를 얻으면 월급이 나오니까 쉬는 게 더 낫지 않느냐고들 말했다. 얼굴은 새까맣게 타 있었고 머리는 듬성듬성 빠져 있어서 그야말로 몰골이 말이 아니었다. 하지만 쉬는 동안 나의 몸과 마음은 더 가라앉을 것이 뻔했다. 학교에 나가기로 마음을 먹었다.

힘겹던 백혈병 치료를 끝내고 처음 강단에 서서 강의하던 날, 진땀을 흘리며 강의를 끝냈을 때 학생들은 일제히 박수를 쳐주며 나에게 인사를 했다.

"교수님, 감사합니다."

연습한 것도 아닐 텐데 한 목소리로 우렁차게 인사해 주던 학생들. 그렇게 나는 다시 삶의 문으로 들어왔다.

어떻게
살아나셨어요?

내가 백혈병에서 기적처럼 살아났다는 사실이 투병 중인 사람에게는 큰 희망이었던 모양이다. 여러 명이 함께 학교에 찾아와 투병 생활을 자세히 듣고 싶어 했다.

"병에 걸린 지 얼마 만에 완쾌되셨나요?"

"병원에 입원한 지 1년이 채 안 돼 자가 이식 수술 후 퇴원했고요, 아직까지 큰 이상은 없습니다. 전 좀 빨리 나은 편이지요."

"어떻게 하면 빨리 나을 수 있나요?"

"…."

솔직히 나는 할 말이 없었다.

"제발 방법을 가르쳐 주세요. 저는 지금 매우 심각한 상태에 있습니다."

병을 이기는 방법을 그들이 모르는 것은 아니었다. 그들이 원하는 것은 특별한 처방이나 기적 같은 치료법이었지만, 나는 특별한 처방을 통해 나은 것이 아니었다.

"글쎄요…."

질문을 했던 남자는 많이 실망한 눈치였다. 더 이상 아무 말도 묻지 않았다. 이번에는 같이 온 여자가 물었다. 이제 갓 스무 살을 넘긴 듯했다.

"뭐 특별히 드신 거라도 있나요?"

"몇 가지 먹긴 했으나 이미 널리 알려져서 다른 사람들도 다 먹어본 것일 겁니다."

"네에…."

그들에게 희망을 줄 말을 하고 싶었으나 그저 병원 치료를 열심히 하고 식이요법을 병행하라는 말 이외는 달리 할 말이 없었다. 나와의 대화가 의미 없다고 판단되었는지 그들은 인사를 건네며 일어섰다. 실망만 한 채 떠나는 그들에게 미안해서 집 주소와 약도를 적어주었다. 3주 후에 그들이 다시 찾아왔다. 모두 다섯 명이었다.

"저는 결혼한 지 3년째 되던 해부터 투병 생활을 했습니다. 아이도 낳았고 집도 사고 사회적으로 안정된 시기에 찾아온 병 때문에 식구의 평화는 깨져버렸습니다. 살아 있는 식물인간처럼 지내다가 대낮에도 저승사자처럼 검은 물체가 저를 데려가는 헛것을 보곤 했죠. 하루 2백만 원도 넘는 치료비 때문에 3차 치료를 못 받고 지금은 다섯 평도 안 되는 방 한 칸에서 식구들이 살고 있습니다…."

"재생 빈혈성 백혈병인데요. 피가 멈추지 않는 병이래요. 고등학교도 휴학하고 투병 생활한 지 2년이 지났지만 아직도 백혈구 수치가 좋아지지 않아 잠시 퇴원 중이에요. 아빠와 엄마는 저 때문에 많이 늙어버리셨어요…."

이렇게 한 명씩 돌아가며 자신의 병 상태와 현실을 얘기했다. 아내와 나는 어느덧 흥건히 눈물에 젖어 있었다.

예전 나의 병원 생활이 떠올랐다. 내가 입원한 13층 병실에는 약물 치료로 인해 머리가 빠진 분들이 너무도 많았다. 그들의 얼굴은 창백하다 못해 볼 수 없을 만큼 하얀 색이었으며 히크만Hickman 수술로 인해 가슴에는 호스를 꽂고 있었다.

결국 나도 무균실에 들어가면서 항암 치료와 히크만 수술을 하게 되었고, 중간에 수술이 잘못되어 수술실을 몇 번 더 드나들었다. 나중에 들은 바로는 누워 있는 환자들 중 내 모습이 제일 처참했다고 한다.

결과가 잠시 좋아졌다가 같은 병실 옆 침대에 있던 환우가 갑자기 죽는 것을 보고 충격을 받아 몸 상태가 악화된 경우도 있었다. '내가 과연 내일 살아 있을까?' 하는 불안감에 잠 못 이루고 병실 침대에서 뒤척이던 나날들, 환우 중에 건강을 되찾아 퇴원하는 이를 보며 나도 저렇게 될 수 있을지 모른다고 희망을 걸어보던 일들….

나를 찾아온 이들도 그 당시 나의 심정과 같으리라.

게다가 가정형편상 비용을 감당할 수 없어 골수 이식 수술을 못 받는 이는 더 애타는 심정으로 나를 찾아왔을 터였다. 그들에게 내 투병 생활의 세세한 부분까지 설명해 주고 희망을 잃지 말자는 이야기로 인사를 대신했다.

나는 그분들이 돌아간 뒤에 암 환자들에겐 정보가 중요하다는 사실을 다시 한 번 깨달았다.

처음 암이라는 것을 확인한 뒤 관련 서적을 보았더니 책마다 다른 내용이 적혀 있어서 더 혼란스러웠다. 의학적인 지식이 부족한 내가 암 환자에게 정확한 정보를 제공하는 것은 다소 무리가 따른다. 단지 내가 할 수 있는 것은 건강을 잃은 상태에서 다시 건강한 상태, 즉 하나님이 주신 원래의 모습으로 되돌리기 위해 나와 내 가족과 의료진들이 함께했던 노력을 알리는 것뿐이다. 차근히 정리를 해보면 아마 이렇게 적을 수 있을 것 같다.

첫째, '건강해질 수 있다는 믿음을 가진다.' 여기에서 절망한다면 내가 넘어야 할 산에 가까이 가보지도 않고 포기하는 것이다. 꼭 나을 수 있다는 믿음이 건강 회복의 첫 번째 비결이다.

둘째, '자신의 담당의를 신뢰해야 한다.' 자가 이식 수술 후 나는 항암제의 부작용에 대해 심각하게 생각했다. 심지어 의사들조차 의견이 서로 달랐다. 수술 후 항암제 투여와 상관없이 재발률이 20~40퍼센트라고 해서 고민을 많이 했다. 그러나 의사가 항암제 투여를 권하기에 일단 투여를 시작했다. 그 후에 다시 의사와 상의하고 나서야 항암제 투여를 중단하고 내 나름대로 운동이나 식이요법을 실시했다.

셋째, '잘 먹고 잘 자고 규칙적인 생활을 해야 한다.' 1차 항암 치료를 받고 한 달 동안 집에서 생활하는 동안 식단을 바꿨다. 철저하게 자연식 위주로 식사를 했다. 아내는 이를 위해 온갖 종류의 책을 보며 애를 썼고, 그 결과 밥은 현미로 지었으며, 가공식품은 일절 식탁에 올리지 않았다. 달래, 마늘, 무, 쑥과 함께 과일로는 딸기, 바나나를 자주 먹었다. 콩이나 된장은 암 환자에게 꼭 필요한 음식이며 적당한 운동 또한 기력을 회복시켜 준다.

넷째, '살아야 할 이유를 발견한다.' 아내와 동생 등 가족들의 헌신적인 사랑이 나를 붙잡아 주었다.

"여보, 나는 당신을 믿어요." "형, 조금만 더 노력해 보자." "아빠, 사랑해요."

힘든 병실 생활 속에서 절망하고 있을 때에도 밝은 미소와 따뜻한 손으로 나를 위로해 준 가족들 그리고 주변의 아름다운 사람들은 환자에겐 어떤 항암제보다도 강력한 효과가 분명히 있다. '나도 사랑을 실천하는 사람이 되어야지….'

다섯째, '꿈을 버리지 않는다.' 병원 투병 생활 중에도 틈틈이 책을 봤다. 아내는 만류했지만 책을 보고 있노라면 오히려 마음이 편안해지고 고통도 줄어들었다. 논문을 마무리해서 마침내 KAIST에서 경영 정보 박사 학위도 취득했고, 미국의 코헨대학에도 박사 논문을 제출하여 통과가 되었다. 내 삶을 지탱해 주는 꿈을 버리지 않은 것이 정신력을 강하게 해주었다.

여섯째, '내가 사망의 음침한 골짜기로 다닐지라도 해로운 일을 두려워하지 않을 것은 주께서 나와 함께하심이라. 주의 지팡이와 막대기가 나를 안위하시나이다.' 병상의 내 머리맡에는 하나님이 늘 함께 계셨다. 내가 자고 있을 때에도 독수리처럼 눈을 크게 뜨고 지켜주셨으며, 고통의 신음을 지를 때에도 함께 슬퍼하며 내 손을 잡아주셨다.

보석함 속에는

나에게도 소중한 물건들이 있다. 각종 상장, 학위증, 교수 임용증 그리고 통장 등. 이런 것들은 몇 년 전까지 내가 소중히 간직하던 것들이다. 그러나 더 이상 그것들은 내게 큰 매력을 주지 못한다. 힘들고 어려울 때마다 열어보는 보석함. 이제 그 속에 간직하고 있는 보석들은 가족사진, 아들이 그려준 내 얼굴, 옆 병실의 소녀가 건네준 종이학 그리고 편지들이다.

병원 생활 중 내가 가르치던 학생들의 방문이나 편지는 기쁨이고 위안이었다. 그들 중에는 자신의 아버지가 백혈병으로 돌아가신 학생이 한 명 있었다.

"교수님, 너무 힘드시지요? 제 아버님도 많이 고통스러워하셨어요. 그래서 더 안타깝고 걱정이 됩니다. 힘내세요."

백혈병에 대해 아는 것도 많았다. 이따금씩 보내주던 그 학생의 편지는 나보다 어린 학생이 쓴 글이었지만 읽고 나면 용기가 생기기도 하고 위로를 받기도 했다.

안녕하세요, 교수님?

오랜만에 편지를 쓰게 되어 죄송한 마음이 앞섭니다. 교수님과 함께 생활한 시간은 얼마 되지 않지만 마치 오랜 세월을 알아온 분처럼 마음이 편안해집니다. 그것은 교수님을 통해 아버지의 모습을 볼 수 있어서일 겁니다.

지금 모든 것이 걱정되시지요? 알 수 없는 미래에 대한 불안감, 경제적 형편에 대한 근심 그리고 두려움…. 그렇지만 단 한순간도 '혹시 안 되면 어떡하나?'라는 생각은 하지 마세요. 사람의 기는 마음에 따라 차이가 많다고 합니다. 모든 게 마음먹기에 달려 있다는 말도 있잖아요. 꼭 나을 수 있다고 생각하세요.

저의 아버님은 마지막에 자포자기하셨거든요. 그래서 돌아가신 것이 아닌가 하는 생각을 떨칠 수가 없어요.

또 한 가지, 모든 일은, 특히 병원에서의 일은 뭐든 긍정적으로 생각하세요. 힘든 주사를 맞으며 "저놈의 주사 더 이상 못 맞겠다. 정말 지긋지긋하다."라고 하는 사람이 있는가 하면, "주사야, 정말 고맙다. 힘은 들지만 네가 나를 호전시킬 거야."라고 하는 사람도 있답니다. 긍정적으로 생각하는 사람이 부정적으로 생각하는 사람보다 증세가 더 빨리 호전되는 것은 갖가지 임상 실험에서도 증명이 되었습니다. 사람의 믿음이나 의지에는 몸의 병까지 치유하는 힘이 있는 것 같아요.

그리고 투병하는 동안 의료진을 믿으세요. 병문안 오는 사람마다 한 가지씩 처방을 가져오는 경우가 많지요. 그분들 대부분은 개인적으로 들었다거나 실제로 경험을 했다거나 하면서 부풀려진 내용에 확신을 가지고 이야기합니다. 그러면서 별별 희한한 민간요법, 대체요법 등을 다 얘기할 겁니다. 그러나 부작용도 많다는 것을 기억하세요. 자칫하면 부작용 때문에 정작 큰일을 당할 수 있거든요.

힘든 병실 생활에서도 밝게 웃으시던 교수님이 존경스러웠습니다. 다시 한 번 교수님의 정열적인 강의를 빠른 시간 내에 듣고 싶습니다. 교수님의 강의는 정말 멋지거든요. 그럼 이만 줄일게요. 자주 편지 보내겠습니다.

학교에서는 내가 지식을 가르쳤는지 모르지만, 투병 중에는 내가 그 학생으로부터 긍정적인 사고의 중요성을 배웠다.

또 한 통의 편지. 내 고통만 생각하고 있는 나에게 가족이라는 생명의 끈이 있음을 일깨워 준 아내의 편지였다.

당신이 백혈병이라는 진단을 받던 그날, 그야말로 하늘이 무너지고 내 발밑에서 땅이 꺼져버리는 것 같았습니다. 병실 의자에 앉아 지나다니는 사람들을 바라보면서 '어떻게 저렇게 아무 일 없는 듯이 다닐까? 내 남편이 백혈병이라는데….'라며 중얼중얼거리고 있었어요. 아마도 넋이 나간 상태였을 테지요.

그냥 이대로 당신을 잃어버리는 게 아닐까? 그럼 남겨진 아이들과 나는 어떻게 살아갈까? 아니 살아갈 수가 있을까? 왜 이런 일이 일어났을까?

대답 없는 물음만 수없이 던져야 했습니다. 그러곤 '남편을 살려주세요. 살려만 주세요. 살게 해주세요.' 하나님께 매달려 그렇게 같은 말만 되뇌며 기도했지요.

아이들이 좀 컸다 싶을 무렵 선배 언니랑 무역업을 해본다고 당신에게 따뜻한 저녁밥도 제대로 챙겨주지 못한 것이 원인은 아닐까 자책을 해봅니다. 몇 달 전부터 느닷없이 공기 좋은 시골로 이사 가고 싶다던 당신에게 '무슨 소리냐?'며 서울 생활을 우겨댔던 것도 마음에 걸립니다. '그때 당신의 뜻대로 했더라면 이렇게 악화되지는 않았을지도 모른다.'는 후회가 밀려옵니다.

처음 입원하자마자 10여 일간은 통증 때문에 고통스러워하는 당신을 보면서 밤마다 혼자 울었습니다. 당신은 하루가 다르게 말라가고 지쳐갔습니다. 나는 겁이 났습니다. 침대에 누워 있는 당신은 입원하기 전의 모습이 아닌 다른 사람 같았어요. 저는 그저 답답하고 안타까운 채 아무 일도 못 하고 무기력하게 시간을 보냈나 봅니다.

하지만 이제는 아니에요. 무슨 일이 있어도 당신을 살려내겠어요. 죽음과의 힘든 싸움을 당신에게만 맡겨 두진 않겠어요.

오늘 서점에 가서 암에 관한 서적을 사왔습니다. 여러 가지 도움이 될 내용이 많더군요. 식이요법의 중요성도 쓰여 있었어요. 항암 치료에 대해서도 자세히 나왔더라고요.

어제 의사 선생님이 당신 편도가 많이 좋아져서 며칠 후부터 무균실에 입원해서 본격적인 항암 치료를 받아야 한다고 하시더군요. 환자 본인의 고통도 클 것이고 보호자 역시 힘든 일이 많을 거래요. 그래도 나는 기뻤습니다. 당신을 돌볼 기회를 주신 하나님께 감사드렸어요. 당신 담당 의사가 백혈병은 치료될 수 있다고 했던 말 기억나죠? 영화에서처럼 불치병이었던 것은 몇십 년 전 이야기이고 이제는 완치까지도 가능하다는 의사 선생님의 말이 나에게는 하나님의 응답처럼 들렸답니다.

여보, 병원에서 집으로 돌아와서 제일 먼저 가족사진을 사진관에 맡겼어요. 크게 확대해 달라고요. 그 사진을 당신 침대 옆에 둘 거예요. 우리 그 모습으로 다시 돌아갈 수 있으리라는 희망을 가지고 함께 노력해 봐요. 완치되려면 많은 시간이 지나야겠지만 그날은 꼭 오리라 믿어요. 당신과 나 손잡고 함께 병원 문을 나서는 그날까지 내가 당신을 지킬게요.

— 당신을 사랑하는 아내가.

무균실에 들어가기 전 아내가 나에게 건네준 편지, 그 이상 용기를 주는 것은 없었다.

내가 아끼는 또 한 통의 편지는 내가 직접 쓴 편지다. 퇴원 후 내가 동생에게 보냈던 편지로 내 마음의 10분의 1 정도밖에 표현이 안 된 내용이었지만 동생은 아직도 소중하게 간직하고 있었다.

사랑하는 동생 창용이에게.

퇴원한 지 벌써 1년이란 시간이 지나갔다.

창용아 기억하니? 나는 그때만 생각하면 눈물이 난다. 글로는 다 표현할 수 없는 뜨거운 감정이 가슴에 가득하다. 처음 병원에 입원했을 때 소식을 듣고 한걸음에 달려와 준 너.

목이 메어서 "형!" 한 마디 하고는 그 다음 말을 잇지 못한 채 입술만 깨물고 있었지. 나 역시 절망스러운 모습을 너에게 보여주고 싶지 않아 고개를 돌린 채 베개 위로 눈물을 떨구었단다. 그 새벽 너와 나의 울음소리만 간간히 흘러나왔던 병실! 참 두려웠었다.

그런데 너의 사랑이 그 두렵고 떨렸던 죽음의 한가운데서 날 붙잡아 주었다. 항암제와 방사선 치료로 머리카락이 다 빠지고 체력은 떨어져 정신마저 오락가락하는 상태에서 너와 형수의 극진한 간호가 날 살렸다.

면회도 제대로 안 되는 1인용 병실에 있을 때 고작 10분간의 면회를 위해 하루도 빠지지 않고 거의 매일 그 먼 길을 달려와 주던 너. 13층 무균실에서 50여 일을 넘게 옆에서 쉬지 않고 간호하며 때로는 말동무도 해주고 간병인도 되어준 너. 너에게 있어 내가 무엇이었기에 너 자신보다 더 날 소중히 여기며 건강을 염려해 주었을까….

몸이 좋아져 일반 무균실로 옮기고 며칠 후 너의 모습을 보았다. 그날은 유난히 추웠던 날이었지. 내가 부탁한 몇 가지 일을 처리하고 돌아와서 다시 내 병시중을 들다가 피곤했는지 병실 한쪽 구석에 가서 앉더구나. 잠시 후 보니 너는 언 몸이 녹은 듯 쪼그린 채로 잠들어 있었단다. 딱딱한 의자에서 아무렇게나 잠들어 있는 너를 바라보며 못난 형이라는 생각에 마음이 아팠다.

　창용아,

　네가 나에게 베풀어 주었던 사랑만큼, 아니 그 사랑을 뛰어넘는 사랑으로 나도 베풀면서 살게. 앞으로 도움이 필요한 이가 나를 찾아올 때까지 기다리지 않겠다. 직접 찾아 나서서 도와줄 거야. 고백하는데 너는 나의 스승이란다.

　나의 좋은 스승이여, 앞으로도 계속 나를 위해 기도해 주라. 너에게는 늘 하나님의 가호가 함께 계셔서 행복할 거라 믿는다.

— 형이.

　내 보석함에 있는 소중한 보석들. 삶이 힘들다고 느껴질 때 보석들을 꺼내보면 용기와 희망이 솟는다. 해가 가도 변하지 않고 그 영롱함이 더 눈부시다.

　혼자만 보고 좋아하기에는 아까운 보석들!

인생을 다시 산다면

초등학교 시절부터 나는 유달리 좋은 사람들을 많이 만난 편이다. 5학년 때 담임선생님은 나를 불러서 말씀하셨다.

"너는 공부에 재능이 있구나. 내가 보기에 너는 머리도 좋고 성실한 걸 보니 앞으로 훌륭한 사람이 될 거다."

사실 그전까지 내가 공부를 잘한다고 생각하지는 못했었다. 그런데 나를 인정해 주는 선생님의 말씀을 듣자 용기가 솟아났다. 그 후 분발하여 열심히 공부해서 과목마다 100점을 받기도 하고 전교 1등을 하기도 했다.

앞서 말했듯이 내가 다니던 관촌교회 목사님도 나를 인격적으로 대해주시던 분이다. 교회 고등부의 이름인 〈시온회〉를 함께 짓는 등 나에게 교회의 중책을 맡겨주셔서 내 스스로에 대한 신뢰감을 갖도록 해주셨다. 중학교 때 용돈을 쥐어주시던 선생님, 선생님의 친구

분이자 나의 고등학교 후원자이신 백제약국 약사님, 나에게 일본 유학 시험을 권유하며 내 업무를 분담해 주신 직장 선배님들….

그분들이 안 계셨다면 분명 나는 오늘 여기까지 오지 못했을 것이 분명했다. 하지만 나는 이 모든 일들을 당연하게 생각했던 것 같다. 적어도 백혈병에 걸리기 전까지는 말이다.

'내가 성실하고 똑똑하니 주변에서 다 나를 돕는 거야.'

병원 침대에 누워서 내 지난 일을 생각하니 오만한 행동과 마음가짐이 자꾸 떠올랐다. 성인이 되어 내가 자립한 후에는 정말로 많은 일들과 많은 사람들을 잊고 지냈다는 생각을 지울 수가 없었다.

게다가 교수가 된 이후로 내 주변의 사람들을 항상 내 시선 아래에 두고 있었다. 나보다 학문적으로 부족해서 가르쳐 주어야 할 학생들, 나보다 경제적으로 부족해서 도와주어야 할 형제들과 친지들, 나보다 정신적으로 덜 성숙해 이끌어 주어야 할 주변 사람들 등등…. 주변 사람은 그저 나라는 주인공을 위해 존재하는 조역쯤으로만 생각했던 기억들이 떠올랐다.

그런데 이제 다른 사람들의 혈소판이 절실히 필요한 병에 걸린 것이었다. 그 병은 점점 교만해지던 나에게 꼭 필요한 병이었다. 친인척은 물론 학교 학생들과 교직원, 전 직장의 선후배와 동료, KAIST 지기 등 무척이나 많은 사람들이 기꺼이 와서 헌혈을 해주었다.

사실 대부분의 백혈병 환자에게 있어 어려운 것 중의 하나가 혈소판 헌혈자를 구하는 문제다. 병원에 입원해 있을 때 내 주변에는 혈소판 헌혈자를 구하지 못해 발을 동동 구르던 환자들이 너무 많았다. 하지만 나는 이런 분들의 자발적인 헌혈로 커다란 도움을 얻을 수 있었다.

학교 조교 한 사람은 내가 아프다는 소식을 듣고 세 번씩이나 병원에 와서 헌혈을 하고 갔다. 그저 내 강의를 몇 번 들었다는 게 그가 나를 알고 있는 전부였다. 나는 그런 사람들의 도움으로 살아날 수 있었다. 그렇게 베풀며 사는 삶 때문에 이 세상이 눈물 나게 아름다운 것이고 나도 그런 아름다움을 실천하며 살고 싶었다.

처음에는 '살려주세요. 그렇게만 해주신다면 열심히 봉사하겠습니다.'란 기도가 나도 모르게 나왔다. 하지만 그게 얼마나 부끄러운 기도인지… 마치 '이걸 주세요. 저걸 드릴게요.' 하는 식의 거래라는 것을 깨달았다.

그제야 죽기 전까지 비록 내 몸이 완치되지 않더라도 열심히 봉사해야겠다, 아니 봉사하고 싶다는 생각을 갖게 되었다. 내가 아파 누워 있을 때 내 주변의 사람들이 나에게 준 것은 단순히 혈소판이나 위로의 말이 아니었다. 그들은 나에게 자신의 '생명'을 준 것이었다.

1998년 1월, 자가 이식 수술 후 6개월이 지나서 다시 병원에 가서 검진을 받았다. 백혈구 수치가 정상이라는 말을 듣고 병원 문을 나설 때의 그 느낌! 그것은 1년 반 가까운 시간을 죽음과 삶이 교차하는 전장에서 돌아와 꿈에서나 그리던 고향집의 사립문을 여는 듯한 느낌이었다. 살아간다는 것이 얼마나 고마운 일인가! 나에게는 그저 순간

순간이 기적과도 같았다.

사람들은 현실보다 꿈이 아름답다고 말들 하지만 그렇지 않았다. 병이 나은 후 출근한다고 길을 나서노라면 가로수의 은행잎이 아침 햇살을 받아 도시를 온통 근사한 축제 도시로 뒤바꿔 놓은 듯 눈이 부셨다. 길거리를 다니는 사람들의 모습이 그렇게 정겨울 수가 없었다. 만나는 모든 사람에게 '오! 나의 기쁨이여!'라고 인사했다는 어느 성자처럼 나도 그렇게 하고 싶은 기분이 들곤 했다.

길가 분식점에 '칼국수'라고 쓰여 있는 간판을 보고도 웃음이 나왔다. 무균병동에서 구토 증세와 통증으로 음식을 제대로 먹지 못하고 토하던 때, 병원 음식이 아닌 다른 것을 먹고 싶었다. 멸균식! 그건 사람이 먹을 음식이 아니었다. 침대에 누워서 시원한 수박 한 조각과 뜨겁게 후후 불어 먹는 칼국수가 그렇게 간절했는데….

이런 이야기가 생각난다. 어느 임금님이 산책을 하던 중 정원에 있는 나무와 꽃들이 시들어 가는 것을 보고는 이유를 물었다.

소나무는 "저는 포도나무처럼 좋은 열매를 맺을 수 없는 걸요. 너무 불행해요."라고 대답했다. 감나무 역시 대답하기를 "저는 소나무처럼 키가 크지 않아서 슬픕니다."라고 했다.

그때 왕은 자신의 발밑에 아주 작고 보잘것없는 풀꽃 하나가 만발하여 있는 것을 보았다. "신기하구나. 다른 것들은 다 슬프다는데 너는 왜 그렇게 활짝 웃고 있느냐?"고 물었다.

그 풀꽃은 "저는 키가 크지도 않고 열매를 맺을 수도 없습니다. 하지만 제가 피운 꽃으로 사람들이 즐거워하니 기뻐서 웃고 있답니다."
라고 대답했다.

그렇다. 인생의 비극은 돈이 없거나 명예의 실추로 인해 생기는 것
이 아니다. 살아가는 동안 자신의 마음속에서 작은 일에도 기쁨과 만
족함을 느끼지 못하는 것에서 비극은 시작된다.

자장면이 시시해지고 만화가 유치해지면서 어른이 되고 인생의
쓴맛을 알게 된다고 들은 적이 있다. 우리는 왜 소중한 것을 자꾸 놓
치는 걸까? 살아 있다는 것, 움직인다는 것만으로도 얼마나 감동적이
며 감사한 일인지!

내가 마주치는 모든 사람에게 이런 기쁨을 전해주고 싶다. 조금 더
양보하고 이해하고 사랑하면 인생의 아름다움이 보일 텐데… 그렇게
살지 못한 내 인생에 대한 후회와 그렇게 살고 싶은 갈망으로 투병 생
활 중 가슴에 새기던 시가 있었다.

인생을 다시 산다면

− 나딘 스테어

다음번에는 더 많은 욕심이 생겨도 오히려 감사하며
긴장을 풀고 몸의 고통을 줄여주는 사람이리라.
이번 인생보다 더 못한 삶을 살리라.
가능한 한 매사를 심각하게 생각하지 않고
보다 많은 선택의 기회를 주리라.

여행을 더 많이 다니고 석양을 더 자주 구경하리라.

산에도 더욱 자주 가고 친구들과 어울려 인생을 즐기리라.

실제적인 고통은 많이 겪을 것이나

나의 세계에서 나는 항상 행복하리라.

지금까지의 나는 오늘도, 내일도 그리고 미래에도

의미 없고 삶의 무료함을 느끼는 사람이었다.

나는 많은 시간들을 누려왔으나 단 1분도 소유하지 못하였다.

다음에 다시 태어나면 오랜 세월을 앞에 두고

하루하루를 살아가는 대신

순간만을 맞으면서 살아가리라.

내가 인생을 다시 시작한다면

땅의 감사함을 느끼기 위해 신발을 신지 않으리라.

혹시 내 발에서 피가 나거든

자연이 나를 너무 사랑해서 주는 선물이라 생각하리라.

죽음의 문턱까지 가본 사람만이 부를 수 있는 삶의 찬가다.

살아 있음이 얼마나 아름답고 감사한 것인지!

함께 가는 길

Chapter 4
행복한 동행

소록도

친구 P에게.

잘 지내고 있는지? 나는 지금 여행 중이네. 병상에 누워 있으면서 그리고 퇴원 후 요양하면서도 늘 여행 타령을 했는데 지금 그 소원을 이뤘다네. 여기가 어디냐고? 어린 사슴을 닮았다는 섬, 소록도일세. 가벼운 여행을 해도 좋을 만큼 건강이 회복되었다는 의사의 말이 얼마나 반가웠는지….

집에 오자마자 여행 서적을 이것저것 찾아보았네. 산으로 갈까? 바다로 갈까? 혼자 가면 힘이 들까? 누구와 함께 가지? 그러다가 결정한 장소가 소록도였네.

병이 나으면 어려운 분들을 돕겠다고 결심한 적이 있었어. 동생이 가고 싶어 해서 함께 왔네. 서울에서 8시간가량의 여행! 몸은 기차 의자에 앉아 있었지만 내 마음에는 벌써 사슴들이 뛰어다니고 있었지. 가슴이 무척 설레었네. 녹동 항에 도착하니 소록도 가는 배가 있더군. 배를 타고 5분쯤 가니 소록도가 나타났네.

소록도의 첫 느낌— 그 고요한 침묵.

마치 벽에 걸린 바닷가 그림 속으로 성큼 걸어 들어간 착각이 들었네. 차를 타고 가면서 소록도에서 생활하는 환우를 잠깐 스치며 만났어.

"안녕하세요?"

동생이 밝게 웃으면서 인사를 하더군. 나는 솔직히 어색하고 쑥스러웠네. 나와는 다른 모습에 당황해서 눈길을 어디에 두어야 할지 몰랐기 때문이지. 그런 내 자신이 한심해지면서 앞으로 머무는 동안 내가 그들에게 마음의 상처를 주는 일이 생길까 봐 걱정이 되기도 했다네.

그러나 숙소에 짐을 풀고 한 시간가량 잡초 제거 작업을 한 후 저녁 식사까지 하고 나니 소록도 환우들 모습이 더 이상 낯설지 않더라고. 나와 그들이 같다는 것을 알게 되는 데 하루면 족했던 걸세.

다음 날.

6시기상, 식사 그리고 교회에서 아침 기도….

우리 죄를 대신하여 십자가에 고통스럽게 매달리신 예수님처럼, 모습은 고통스러워 보였으나 표정이 맑은 환우들에게서 사랑이 느껴졌네. 입으로 기도를 말할 수 없고, 기도할 두 손도 없고, 십자가도 볼 수 없는 환우들은 자신보다 남을 위해 기도했을지도 모르겠어. 소록도에서의 아침 기도는 경건했네.

이틀 동안 나는 도배 일을 맡았어. 도배 후 물건을 처음 자리에 두지 않았다고 혼나기도 했네. 눈이 잘 보이지 않는 환우들에게는 물건의 위치가 정확한 장소에 있지 않으면 불편하다는 걸 헤아리지 못한 나의 실수였지.

소록도의 환우들은 서로를 보살피며 살고 있다네. 앞을 잘 못 보는 사람은 잘 보이는 사람과 함께 다니고 몸을 움직이지 못하는 사람들 대신에 몸을 움직일 수 있는 사람이 식사를 배급받아 오고… 그들은 서로의 눈과 손과 발이 되어주고 있었다네.

예전에 들은 이야기가 생각나더군. 자네 혹시 천국과 지옥의 차이점을 들은 적이 있나?

"여러분, 천국과 지옥은 똑같아요. 천국이나 지옥 모두 앞에 음식이 산처럼 쌓여 있어요. 그런데 그곳에 있는 사람들은 모두 팔을 구부릴 수 없어요. 그래서 숟가락을 자신의 입에 넣을 수가 없답니다. 하지만 천국에 있는 사람들은 잘 먹어서 건강하고 지옥에 있는 사람들은 못 먹어서 해골처럼 말랐대요. 왜 그럴까요?

천국에 있는 사람들은 '나는 못 먹지만 내 앞에 있는 사람이라도 먹여야지.' 하면서 앞에 있는 사람에게 팔을 쭉 뻗어서 음식을 먹여준대요. 지옥에 있는 사람은 그와는 반대로 팔을 구부릴 수 없는데도 자기 손에 들어 있는 음식을 자기만 먹으려고 욕심내다가 아무도 못 먹게 되는 거지요."

어려서 들은 이야기인데 소록도 환우들이 서로를 돕는 모습을 보니 갑자기 생각이 나더군. 나는 어릴 적 듣던 천국의 모습을 여기에서 보았네.

연세 많으신 분들의 건강이 특히 걱정일세. 병 때문에 신체는 불편하고 거동도 제대로 못 하시고 옆에서 뵙기에 안타까웠네.

3박 4일은 도움을 필요로 하는 그분들에게는 짧은 시간이었네. 나는 환우들을 위해 기도하고 환우들은 우리를 위해 기도했다네.

이제 곧 떠날 시간인데 아쉬움이 많군. 자네와 함께 왔으면 좋았겠다는 생각이 들었어. 아름다운 섬에 살고 있는 아름다운 사람들이 다시 보고 싶을 거야.

소록도를 막 떠나면서 나는 절친한 친구에게 편지를 썼다. 그리고 소록도 직인이 찍힌 편지를 보냈다. 그 편지는 앞으로 내 인생이 흘러갈 지침과도 같은 것이었다.

소록도 여행을 다녀오면서 '봉사'란 '자기 성찰'임을 깨달았다. 내 자신을 뒤돌아보니 내 삶은 목적도 없이 흘러가고 있었다. 다른 사람의 고통에 눈을 돌리기 시작할 즈음 나에게 봉사하는 방법을 묻는 이들이 많아졌다.

"저도 봉사하고는 싶은데 시간도 없고 돈도 없고 마음뿐이에요."

많은 시간과 돈만이 남을 위하는 것은 아니다. 남을 도우려는 마음, 이것이 봉사의 첫 단계인 것이다.

지금까진 나의 직업이 사회의 약자나 소외된 사람에게 도움이 될 수 있다고는 생각하지 않았다. 그런데 그렇지 않았다. 세상 안으로 들어오길 두려워하는 사람들에게 컴퓨터만큼 좋은 길잡이도 없는 것 같았다.

세 살 때 높은 곳에서 떨어지는 바람에 뇌성마비가 된 한 중증 장애인이 있었다. 늘 아무것도 하지 않고 의자에만 앉아서 친구도 없이 하루를 보내는 그가 힘들어 보였다. 뭔가 소일거리를 갖게 해주고 싶었다.

"제가 컴퓨터를 가르쳐 줄까요?"

처음에는 자신의 손으로 자판을 치는 것조차 어려워했다. 손이 떨려서 자꾸만 다른 글자를 쳤다. 가르쳐 주는 나는 조금씩 조바심이 났다. 도무지 진전이 없었기 때문이다.

'괜히 시작한 것은 아닐까? 너무 힘들어하니까 이제 그만하자고 말할까?'

그러나 그는 정말로 열심히 배웠다. 구슬땀을 이마에 송골송골 달고 고개를 좌우로 연신 흔들면서도 포기하려 하지 않았다. 한 시간만 연습하라고 해도 두 시간 이상 매달리는 바람에 손이 뻣뻣해져서 마사지를 해줘야 할 때도 있었다.

1년이 흐른 지금 이제는 그에게 친구가 많아졌다. 비록 인터넷이라는 컴퓨터 공간에서의 친구지만 자신의 생각과 아픔을 털어놓을 수 있게 된 것이다. 게다가 컴퓨터에 많이 익숙해지고 나름대로 노하우도 갖게 됐다. 혼자서는 몸을 가누지 못하고 제대로 말도 못 하는 이 친구에게 컴퓨터는 바깥세상을 열어주는 유일한 창구이자 남에게 자기의 생각을 전달하는 소중한 수단이 된 것이다.

"세상과 멀어지던 내가 다시 세상 안으로 들어왔습니다. 저는 다시 태어난 것 같아요. 정말 감사합니다."

그는 그렇게 거창하게 표현했다. 단지 나는 그에게 내 마음을 조금 열었을 뿐인데….

투병 생활을 하고 있을 때 나를 위로해 준 것도 가슴이 따뜻한 사람들의 마음이었다. 면회라도 가서 손 한번 잡아주는 것, 따뜻한 말 한 마디 건네주는 것… 부족하다 생각되면 생명을 줄 수 있는 적극적인 방법도 있다. 골수 이식이 그런 방법 중의 하나다.

골수 이식은 백혈병 환자에게는 너무도 절실한 것이다. 생사의 기로에 선 환자에게 마지막 선택을 할 수 있는 카드이기 때문이다.

"골수 이식이오? 골수를 채취해서 환자에게 기증하는 것이지요? 그거 너무 무서워요. 머릿속에서 골수를 뽑는 것 아니에요? 생명에 지장은 없나요?"

골수는 머리 또는 뇌에 있는 액체가 아니라 혈액이나 뼛속에 있는 조직이다. 골수 이식은 수혈과 비슷하다. 다만 수혈되는 내용물이 혈액이 아니라 골수 세포로 구성된 골수라는 점이 다를 뿐이다.

골수를 기증하려는 사람은 혈액을 채취해서 골수의 조직형을 한국골수은행협회에 등록하면 된다. 만약 골수가 환자와 일치하면 이식 당일 마취 상태에서 골반뼈에서 채취하는 것이다. 그리고 이 골수 세포를 바로 환자의 정맥으로 주입하면 골수 이식이 완료된다.

골수 기증자는 대부분 다음 날 귀가가 가능하다. 기증자의 골수 기능은 골수 제공 이후에도 아무 문제가 없으며 단시일 내에 완전 회복된다. 형제자매 중에서 맞는 골수를 찾지 못하는 환자는 골수은행의 도움이 꼭 필요하다. 18세에서 50세 사이의 건강한 신체를 가진 사람이면 누구나 이렇게 새 생명을 나눠줄 수 있는 것이다. 내 몸을 나누어서 다른 생명을 살릴 수 있는 고귀한 일이다.

또 한 가지 생명을 나눌 수 있는 방법. 혈소판 헌혈!

백혈병 환자에게 혈소판 헌혈은 중요한 치료 방법이다. 혈소판은 다쳤을 때 피를 멎게 해주는 역할을 한다. 그리고 손상된 혈관을 수리·보수하여 정상 혈관으로 회복시켜 준다. 하지만 백혈병 환자들은 혈소판이 제 역할을 못해 지혈이 잘 안 된다. 나 역시 병원에 입원하기 전에 발치 후 지혈이 되지 않아 무척 고생한 것도 그 때문이었다.

혈액 1마이크로리터 속에 15~40만 개 정도 있어야 정상인데 백혈병 환자의 경우 2만 개 정도에 불과한 경우가 많다. 기증자 한 명으로부터 수혈을 받으면 5,000 정도 혈소판 수치가 올라가는데 약 6~10명 정도의 혈소판 수혈을 받아야 충분히 상승된다.

수혈은 한 번에 끝나는 것이 아니라 때로는 10일까지 지속적으로 주입해 주어야 한다. 그러다 보니 수십 명의 혈소판 공여자가 필요한 셈이다. 나는 주변의 도움, 특히 학생들의 도움을 많이 받았으나 때로는 전혀 생면부지의 자원 봉사자로부터 도움을 받기도 했다. 나를 부끄럽게 만든 사람들이다.

하루는 아내가 나에게 혈소판 헌혈을 하고 돌아간 한 청년에 대해 이야기해 주었다.

"벌써 두 번째 당신에게 헌혈했어요. 처음 왔을 때는 인사도 받지 않고 사라지듯 가버렸더라고요. 오늘도 도망치듯 가는 것을 쫓아가서 간신히 붙잡았어요. 아무것도 필요 없다고 뿌리치는 걸 겨우 식사만 간단히 대접했어요."

그는 이제까지 수십 번 혈소판 헌혈을 했던 청년이었다. 왜 그렇게 인사도 안 받고 가려 했느냐고 묻자 처음에는 그냥 웃기만 하더란다. 그 청년이 들려준 이야기.

"처음에는 환자와 보호자 모두 만났습니다. 힘내시라고 격려도 해드리고요. 그런데 꼬마 환자를 만났어요. 힘든 병원 생활 중에도 씩씩했던 아이였는데… 결국 병을 이기지 못했어요. 한참 동안 마음이 무거웠습니다. 그래서 그 다음에는 환자나 보호자의 얼굴을 보지 않기로 결심했지요. 그리고 저는 아무것도 아닙니다. 제 주변에는 저보다 더 열심인 분들이 얼마나 많은데요. 결혼하신 후에도 꾸준히 하는 여자분들도 있고요. 내년이면 50세가 되신다는 아저씨 한 분은 이제 고등학생인 자신의 아들도 함께하게 됐다며 기뻐하시는 것을 보았습니다. 자신의 몸이 건강해야 좋은 피를 나눠준다며 운동도 열심히 하시던 걸요. 그리고 저 같은 봉사자에게 너무 마음 쓰지 마세요. 지금 당장 환자가 더 중요하잖아요. 병원비도 많이 나와서 힘드실 텐데요."

오히려 병원에 있는 환자를 걱정하더라는 이야기를 아내로부터 듣고 예전에 읽은 얘기가 생각났다.

한 소녀가 연을 날리고 있었다. 그 모습이 너무 진지하고 즐거워 보여서 사람들이 소녀 곁으로 다가갔다. 소녀를 본 사람들은 놀랐다. 소녀는 앞을 못 보는 소녀였던 것이다.

"보이지도 않는데 왜 연을 날리니?"

사람들이 이렇게 물었다.

"제 마음속에는 보이는 걸요."

소녀는 이렇게 대답한 다음 말을 이었다.

"무엇보다 연을 날려 다른 사람을 즐겁게 해주려고요. 또 연이 나는 동안 팽팽한 연줄을 잡고 있으면 마치 제 자신이 연이 된 느낌이 들어요. 자유를 느낄 수 있어요."

아마 헌혈하는 청년의 얼굴도 기쁨으로 빛나고 있었겠지. 자신과 전혀 상관없는 사람을 위해 한 시간 반 동안 헌혈을 하면서 마음속으로는 연을 날리고 있었을 것이리라.

나는 발병 초기에는 많은 원망을 했다. 내가 무슨 죄가 많아서 이런 무시무시한 병을 얻었을까 원망하고, 때론 아내를 원망하고, 굴곡 많은 내 인생을 원망했다. 그러나 지금은 오히려 병을 감사한다. 사도 바울처럼 평생의 가시처럼 동행해야 하는 백혈병, 그 백혈병이 내 인생의 브레이크가 되고 나의 생활 지침이 된다. 백혈병을 앓지 않았다면 나는 지금 어떤 상태일까? 무지막지한 일중독에 빠져서 더욱 교만해지고 하나님을 더욱 멀리했을지도 모른다.

본 적이 없는 그들

6차에 걸친 항암 치료를 받은 후 몸의 상태가 갑자기 악화돼 재입원을 했다. 허깨비가 보이고 환청이 들리는 등 정신이 혼미해졌다.

고통스러운 시간들.

어느 날인가는 이제 그만 죽고 싶다며 옆에서 간호하던 동생 창용이를 붙잡고 울었다. 이렇게 살면 뭐하느냐고, 이런 삶은 죽음보다 못한 것이라고 울고불고했는데 그날따라 감정이 쉽게 가라앉질 않았다. 그동안 내가 부리던 투정을 다 받아주며 싫은 소리 한번 안 하고 나를 위로하던 창용이가 가만가만 이야기를 꺼냈다.

"형은 자신이 얼마나 축복받은 사람인 줄 모르는군요. 비록 지금은 육체적인 고통 때문에 힘들지만 형이 갖고 있는 게 얼마나 많은데요. 무엇보다 형을 사랑하는 가족들이 있잖아요. 그리고 형보다 훨씬 힘든 상황에서도 삶에 대한 희망을 갖고 사는 사람들도 있어요."

그때의 동생은 실직의 한파로 일자리를 잃고 노숙자 생활을 하고 있던 처지였다.

"사실 제가 경제적으로 궁핍한 상황이라 남을 돌본다는 게 주제넘은 일인지도 모르겠습니다. 몇 달 전 길가에 버려진 할머니 한 분을 집으로 모셔왔어요. 도저히 그냥 지나칠 수가 없더라고요. 늙고 병약해서 곧 돌아가실 것 같았거든요. 처음엔 집에 모시고 와서 씻겨드리고 먹여드리고 하는 일들을 부담스러워하셨지만 나중에 그걸 기쁨으로 받아들이시는 모습에 저도 한결 마음이 가벼워졌지요. 그런데 워낙 병이 깊어져 있던 상태라 얼마 못 사시고 돌아가셨어요. 그 할머니는 돌아가시면서 제 손을 잡고 무척 평안한 모습으로 몇 번이고 고맙다고 하셨습니다. 사실 전 제대로 해드린 것도 없는데 말이지요. 장례를 치르면서 생각해 보니 할머니가 저를 의지한 게 아니라 제가 할머니를 의지한 것 같았어요. 누군가에게 도움을 줄 수 있는 게 큰 기쁨이란 것을 그때 알았어요. 형, 할머니도 몸이 아파서 고통스러워하셨지만 결코 죽음에 대한 이야기는 하지 않으셨어요. 삶에 대한 희망으로 늘 기뻐하셨지요. 형이 이 고통을 해결할 수도 없고 맞서 싸울 수도 없으면 잠시 하나님께 맡겨드려요."

조용조용한 동생의 말이 망치처럼 내 머리를 두들겼다. 그 할머니의 삶에 대한 희망도 놀라웠지만 집 한 칸 없는 동생이 자신보다 어려운 사람을 위해 살고 있었다는 이야기가 나로 하여금 고개를 숙이게 했다. 그리고 속으로 다짐했다. '나도 건강해지면 저렇게 살아야겠다.'

절망 속에서 시간을 보내던 나는 동생의 이 짧은 이야기를 듣고 다시금 살고자 하는 의욕이 솟는 걸 느꼈다. 아니, 동생의 얘기는 나의 인생관을 송두리째 바꿔놓았다. 그동안 막연하게 남을 위해 살아야겠다고 생각을 하긴 했으나 동생의 얘기를 통해 구체적인 삶의 방향이 정해진 것이다.

퇴원을 하고 학교에 복직하면서 나름대로 남을 위한 삶을 살아보고자 노력했다. 학교에서 학생들과 〈119 구조대〉란 모임을 조직하여 봉사 활동도 시작했다. 병원 봉사를 비롯하여 내 나름대로 할 수 있는 선한 일을 하며 보람을 느낄 수 있었다. 하지만 그건 내 만족일 뿐이었다.

학교 강의가 늦게까지 있던 날이었다. 마지막 지하철을 타기 위해 분주하게 걸어가고 있던 나는 우연히, 정말이지 우연히 지하철역 한쪽 구석에 웅크리고 있는 사람들을 보았다. 멀리서 볼 때는 그냥 쭈그리고 앉아 뭔가를 하고 있는 줄 착각했다. 가까이 가서야 그들이 자고 있다는 것을 알았다. 베개나 이불은 당연히 없었고, 한겨울임에도 불구하고 얇은 가을 옷을 입고 잠을 청하는 그들은 바로 노숙자들이었다.

나도 모르게 탄식이 나왔다. '아….'

분명 전에도 그런 이들이 있었을 것이다. 그러나 나는 그들을 본 적이 없었다. 비록 눈으로는 그들을 봤을지라도 마음으로는 그냥 지나친 것이다. 그날 밤 도무지 잠을 이룰 수가 없었다. 나는 따뜻한 방에서 가족들과 함께 잠을 자는데 그들은 타일 바닥 위에서 외로움과 배고픔을 견디며 오지 않는 잠을 청할 게 뻔했다. 마치 내가 14살 무렵 코르크 병마개 공장에서 모포 한 장에 언 몸을 맡겼을 때와 같이….

다음 날부터 나는 서울역으로 나갔다. 정말 많은 사람들이 서울역을 집 삼아서 살고 있었다. 처음에는 주머니에 있는 돈을 눈에 띄는 몇 분들에게 나눠주었다. 주머니에 있는 돈은 금방 바닥이 났다. 나는 다음 날도 그렇게 했다. 그 다음 날에는 좀 더 많은 돈을 갖고 찾아갔다. 하루는 어느 기업체의 강연료로 30만 원을 받고서 서울역으로 달려가는데 왜 그리 신나던지!

"우리 애와 국밥 한 그릇 먹게 이만 원만 주십쇼."

"선생님, 나는 어제부터 쌀이라곤 한 톨도 목구멍에 넣질 못했수다. 돈 좀 넉넉히 주시오."

그러나 이리저리 필요한 손에 돈을 쥐어주고 돌아오는 발걸음은 무거웠다. 이런 나의 행동이 과연 얼마만큼의 도움이 될 수 있단 말인가. 보다 근본적인 해결책이 필요할 것만 같았다.

그 당시 그들에게는 당장 한 끼를 해결하는 게 큰 숙제로 보였다. 그렇게 몇 달을 하는 사이에 나는 많은 노숙자들을 알게 되었다. 강한 적대감을 갖고 나를 거부했던 노숙자들도 있었다. 마음의 문은커녕 눈길 한번 곱게 주질 않고 주는 돈을 뿌리치던 노숙자도 기억난다. 하지만 몇 번을 만나고 얼굴을 익히자 그들은 너무도 순순히 마음의 문을 열어주었다. 그들에게는 한 끼의 빵만큼이나 자신들을 진심으로 이해해 줄 마음의 친구가 필요했던 것이다. 그들과의 만남을 통해 내가 노숙자에 대해 갖고 있는 편견이 참으로 잘못되어 있음을 알 수 있었다. 그전까지 나는 그들을 인생의 패배자, 사회의 낙오자로만 생각했었다. 자립하려는 의지조차 없기에 도울 필요도 없다고 여겼다.

가까이서 만나본 그들은 단지 지치고 힘든, 그래서 도움이 필요한 우리의 친구이고 선배이며 동생일 뿐이었다. 경제 지상주의 사회는 노숙자를 쉽게 만들어 내고 그들이 사회로 복귀하는 것을 너무 힘겹게 했다. 그들은 곧 이 사회의 어두운 그림자였다.

노숙자들 중에는 안타까운 사연을 가진 이들이 많았다. 16세의 어린 나이에 요리사의 길로 접어들어 자격증을 취득하고 외국으로 다니면서 요리사의 꿈을 실현해 가던 한 사람이 있었다.

"3남 3녀 중 막내로 태어났어요. 여덟 살 때 아버지가 돌아가셨지요. 어머니도 제가 스무 살 되던 해 돌아가셨습니다. 형제들도 모두 형편이 어려워서 저를 도와줄 만한 사람은 아무도 없었어요. 일찍부터 저 혼자 생활을 감당해야 했지요."

결국 꿈이 이뤄져 한식집을 운영했으나 갑작스런 경기 침체 때문에 수입이 반으로 줄게 되었다. 게다가 빚보증 문제까지 덮쳐 결국 부도를 내고 말았다.

"정말 한순간이었습니다. 올라갈 때는 힘들고 가파른 계단이었는데 내려올 때는 미끄럼을 탄 것처럼 정신없이 내려왔지요."

그다음은 당연한 수순처럼 부인과는 별거하게 되고, 아이들은 고아원에 맡겨졌다.

"아이들 생각하면 가슴이 찢어집니다. 며칠 전에 전화를 했더니 큰놈이 막 소리를 지르더라고요. '아빠 나빠! 아빠 나빠!' 아마 열 번은 말했을 거예요. 제가 1주일 전에 가기로 하고 약속을 못 지켰거든요. 사실은 갈 차비도 없었습니다. 아마 고아원 놀이터 의자에서 하루 종일 기다렸나 봅니다. 밥도 안 먹고 기다렸다고 하더군요. 아이들을 맡길 때는 한 달만 기다리라고 말했는데 벌써 6개월이 지났습니다. 둘째는 겨우 네 살이에요. 엄마가 얼마나 그리웠으면 엄마가 입던 옷을 늘 갖고 다닌답니다. 밤에 잘 때는 물론이고 화장실에 갈 때도 꼭 안고 다닌대요. 한 번은 덩치 큰 아이한테 몇 대 맞고는 울다가 옷을 들고 구석에 쪼그리고 앉아 냄새를 맡고 있더랍니다. 둘째 놈이 '아빠 언제 올 거야?'라고 물어서 '곧 갈게.'라고 대답은 했는데…."

그 큰 덩치의 사내가 울고 있었다. 눈물을 뚝뚝 흘리면서… 나도 눈물을 흘렸다.

우리와 같이 한 사회의 일원이던 멀쩡한 그가 사회 밖의 그늘 속으로 들어간 것은 한순간이었다. 그가 노숙자가 된 것은 열심히 살지 않았기 때문이라고 어느 누가 손가락질할 수 있겠는가?

"IMF라 음식점들이 문을 많이 닫았어요. 저 같은 요리사도 일할 식당이 없답니다. 설거지라도 하려고 했더니 그것도 쉽지 않더군요. 저 사실 한 달 전만 해도 다 포기했습니다. '될 대로 되라. 그냥 노숙자로 살아야겠다.' 제가 잘못 생각한 거지요. 아이들도 있는데…. 어제 몇 군데 식당에 가서 면접을 봤습니다. 아마 곧 취직이 될 것 같아요.

취직이 되면 월세방이라도 얻어서 아이들을 데려와야지요."

인생의 밑바닥에 떨어졌을 때에는 야유하며 빈정거리는 손가락이 아니라 힘을 나눠주는 강한 따스한 도움의 손길이 필요한 것이다. 왜냐하면 우리도 그들이 될 수 있기에. 우리와 그들은 둘이 아닌 하나이기에….

『탈무드』에 이런 이야기가 있다. 랍비가 어느 날 학생들에게 물었다.

"아기가 태어났는데 머리는 둘이고 손발은 넷인데 이는 한 사람입니까, 두 사람입니까?"

"…."

랍비가 말했다.

"이쪽 머리를 때려서 저쪽 머리가 똑같이 아프다고 울면 한 사람이고 아니면 두 사람입니다."

가족 중의 한 사람이라도 불행하다고 느끼고 있다면 가족이 불행한 한 사람을 위해 같이 고민하고 아파해야 하며, 행복한 일이 있으면 같이 기뻐해야 한다는 것을 가르치는 이스라엘의 전통 우화다.

가족과 이웃! 고통받는 노숙자는 우리와 다른 사람이 아닌 것이다.

노숙자 재활 캠프

1998년 4월, 마침내 양평군 부용리의 산자락에 '노숙자 재활 캠프'를 열었다. 서울역과 용산역 지하보도에서 방황하는 노숙자들에게 근본적으로 도움을 줄 방법이 없을까를 고민하다 시작한 캠프였다.

보증금 천만 원, 월세 백만 원을 주고 조그마한 보금자리를 꾸몄다. 내 월급과 외부 강연료로는 캠프 운영이 어려워서 교인과 기업인들로부터 약간의 도움을 받았다. 짧은 시간이나마 숙식 걱정을 하지 않고 미래에 대한 새로운 설계를 할 수 있는 장소를 제공하고 싶었다.

서울역과 용산역에 있던 노숙자 70여 명과 함께 단기 재활 캠프를 시작했다. 3박 4일 동안 함께 식사하고 잠을 자면서 대화를 나누고 재활의 방법을 다각도로 모색하는 시간을 갖게 된 것이다.

나 자신도 이 프로그램이 잘 운영되어 기대하던 결과를 얻을 수 있을지 한편으로 걱정이 앞섰다. 그리고 그 걱정은 곧 현실로 나타났다.

약 70~80여 명의 노숙자들을 모아두고 보니 예상치 못한 일들이 벌어지기 시작했다.

"아이고, 여기 있는 사람들이 우리 밭을 아주 엉망으로 만들어 놨어요. 밭에 퍼질러 앉아서 담배들을 피워대고… 참 나, 이게 뭔 일인지 모르겠네."

"그뿐만이 아니여. 아주 사람들이 무서워! 집에 불쑥불쑥 들어와서 배고프니 밥 좀 달라고 하질 않나, 돈 좀 달라고 하질 않나… 인상도 험하게 쓰면서 큰소리를 친다니께."

동네 사람들이 몰려와서 항의를 하고 민원을 내는 등 이틀이 멀다 하고 잡음이 생겼다.

"내가 잘못한 게 없는데 왜 이 고생을 해야 돼? 우리가 무슨 전염병자냐고? 왜 떼거지로 모아놓고 사람 답답하게 만들어. 누구는 일하기 싫어 이러고 놀고 자빠져 있는 줄 아냐고. 일자리를 달란 말이여, 일자리를! 나, 남들보다 몇 배 열심히 일할 자신이 있어. 일자리가 없는데 사람들 교육만 시키면 뭣해. 이런 거 다 집어치워. 난 당장 서울로 다시 갈 테니깐 차비나 내놔. 빨리 돈 달란 말이여."

캠프에 들어와서 하루도 지나지 않아 답답함을 견디지 못하고 자신을 이렇게 만든 사회를 원망하다 정도가 심해지면 기물을 파손하는 등 난폭하게 소란을 피우는 노숙자도 있었다. 어떤 노숙자들은 술을 달라고 생떼를 쓰기도 했고, 또 어떤 이들은 자기들 말을 무시한다며 소리를 지르고 돌을 던지기도 했다.

그러나 그만한 일 가지고 캠프를 그만둘 수는 없었다. 자살하려던 사람이 캠프를 통해 삶의 소중함을 깨닫고 집으로 돌아가거나, 실직으로 생이별을 했던 가족들을 다시 만날 용기를 줬다며 고마워하는 이들도 있었기 때문이다. 그들이 있었기에 난관 속에서도 캠프 운영의 의지를 다질 수 있었다. 그런 이들로 해서 노숙자 캠프의 퇴소식 날에는 눈물바다가 만들어지곤 했다.

　서울역에서 8개월째 노숙 생활을 하고 있던 김 씨.
　"난 그동안 막 살았어요. '에이 씨, 살면 살고 죽으면 죽고… 어차피 이놈의 세상 제대로 못살 바에야 그냥 막 살아보자.' 아무런 희망도 없었습니다. 미래? 내일? 배고프면 굶고 술이 필요하면 구걸하고, 그러다가 졸리면 자고, 오늘이 어제와 같고 내일도 그렇게 될 텐데 무슨 미래가 있었겠습니까? 여기 캠프에도 그저 재워주고 밥 준다고 해서 왔습니다. 그런데 나흘 동안 있으면서 많이 생각했습니다. 내 자신이 소중한 사람인 것도 깨닫게 되었고요. 이제 경기도 조금씩 나아진다고 하니까 닥치는 대로 일자리를 찾아볼 겁니다. 저는 나흘 전에 죽었고 오늘 다시 태어난 겁니다."
　그가 내 손을 잡고 눈물을 흘리며 이야기할 때는 나도 울었다. 김 씨뿐만 아니라 대부분이 서로 부둥켜안고 엉엉 소리 내며 울었다. 거무스름한 얼굴과 허름한 옷차림은 그대로였지만 표정은 캠프를 시작한 날 보았던 자포자기의 모습이 아니었다.
　"어이, 우리 이제 서울역에서 얼굴 보는 일 없기야. 직장에서 열심히 일하면서 만나자고."

단호한 의지로 가득한 그들의 밝은 표정. 그들은 세상 안으로 다시 들어갈 만반의 준비를 마쳤다.

그해 추석을 며칠 앞둔 어느 날. 한쪽 구석에 놓아둔 쌀 두 가마를 보면서 나는 마치 천석지기라도 된 듯이 뿌듯했다. 송편을 만들어 나눠 먹을 수 있겠다 싶어 쌀가마니를 손으로 쓸어 보기도 했다.

캠프를 마친 후 취업했다는 소식을 자랑스레 전하는 노숙자들로 인해 힘을 얻고 보람을 느꼈다. 그러나 직장을 갖거나 귀향을 해서 새로운 삶을 찾는 사람들은 50~60퍼센트에 불과했다. 다시 거리로 나가거나 캠프로 돌아오는 노숙자들도 적지 않았다. 안타까웠다. 캠프를 마치고 나갈 때는 무엇이든 할 것처럼 의욕에 차 있었으나 현실에 적응하지 못하고 다시 캠프로 돌아와 자기 자신을 비난하는 노숙자들도 있었다. 이렇게 다시 돌아온 노숙자들 역시 내게는 소중했다. 그들과 함께 둘러앉아 송편을 빚고 이야기를 나누던 그해 추석, 나는 그들의 이야기를 듣고 다시 심각한 고민에 빠지지 않을 수 없었다.

문제는 고작 3박 4일간 진행하던 단기 재활 캠프의 기간이 너무 짧다는 것이었다. 갈 곳 없는 이들을 억지로 내보내는 꼴이 된 셈이었다. 하는 수 없이 장기적인 노숙자 재활 프로그램을 시작했다. 산 중턱에 있는 기도원 건물을 임대해 임시 수용 시설로 사용했다. 이름도 〈사랑의 울타리회〉로 정했다. 노숙자들은 그곳을 '쉼터'라고 불렀다.

노숙자들을 도와줄 봉사자를 구하는 것과 숙식비를 해결하는 것이 가장 힘들었다. 하지만 뜻이 있는 곳에 길은 있는 법! 문제들이 하나씩 해결되어 나갔다. 다소 시간이 걸렸지만 하나둘씩 늘어난 자원봉사자들은 끼니때마다 노숙자들에게 식사를 제공하고 찌든 옷을 벗겨 빨래를 해줬다. 아픈 분들에게는 목욕도 시켜드리고 약도 갖다드렸다.

얼마 후 〈사랑의 울타리회〉는 정부로부터 사단법인체 허가를 받게 되었다. 1인당 한 끼 식대 920원을 서울시 보조금으로 받게 된 것은 쉼터 가족들에겐 정말 다행스러운 일이었다. 그전까지만 해도 내가 갖고 있던 적은 재산을 털고 매달 받는 월급과 강사료 등으로 빠듯한 쉼터 살림을 꾸려 갔는데, 식비만이라도 지원받게 됐으니 그 또한 감사한 일이었다.

그러나 이렇게 쉼터가 정착되는가 할 즈음에 문제가 발생했다. 주민들의 본격적인 항의가 시작된 것이다. 조용한 마을이 노숙자들의 '쉼터' 시설로 인해 엉망이 되었다는 주민들의 원성이 하루가 다르게 높아졌다. 나중에 안 일이지만 주민들과 노숙자들 사이에 다툼도 있었던 모양이다. 그저 참아 달라는 말만으로 해결될 문제가 아니었다.

결국 이삿짐을 꾸려야만 했다. 그리고 이때부터 '쉼터' 가족의 방랑이 시작되었다. 기도원 이곳저곳으로 짧게는 한 달, 길게는 7~8개월을 전전하였다. 우리가 머물던 한 기도원에서는 이런 일을 겪은 적도 있다.

"미안하지만 숙소 두 동 가운데 한 동을 비워주세요. 나흘 정도 교회에서 수련회를 한답니다. 창고를 임시 거처로 사용하세요."

차가운 겨울 날씨에, 그것도 산속에서 수십 명의 노숙자들이 보온 시설도 전혀 되어 있지 않은 창고에 기거하라는 것이었다. 노숙자 분들 중에는 거동이 불편한 분도 계셨다. 기도원 측은 우리 쉼터 가족들이 이런 대접을 받는 게 당연하다는 듯 일방적인 요구를 해왔고, 노숙자들은 불평 한 마디 하지 못한 채 부스럭부스럭 일어나 모두 창고로 짐을 옮겼다. 그런 모습이 내 마음을 더 아프게 했다.

얼마 지나지 않아 기도원 측은 도저히 안 되겠다며 아예 비워 달라고 요구해 왔다. 하는 수 없이 우리는 다른 기도원 처소를 알아보고 이삿짐을 싸야 했다. 또다시 노숙자들의 거처를 기도원으로 구한 것은, 마땅히 갈 곳도 없었을 뿐만 아니라 그나마 한겨울에는 기도원이 텅 비어 임대가 잘 되었기 때문이다.

그런데 이게 웬일? 떠나려던 기도원 측에서 이삿짐센터 차가 움직이지 못하도록 아예 출입문을 막아놓은 것이었다.

"아니, 이게 대체 무슨 일입니까? 이사를 하라고 해서 이사를 가고 있는데…."

"건물을 이렇게 엉망으로 만들어 놓고 말이야? 양심이 있어야지. 그냥은 못 갑니다. 수리비를 변상하세요."

"뭘 망가뜨렸습니까?"

"노숙자들이 화분도 깨부수고 화장실 변기도 고장 나게 하고… 에, 또… 건물 벽도 지저분하게 해놓고 장판도 찢어놨잖아요?"

"얼마 드리면 될까요?"

"5백만 원은 내고 가셔야 되겠네요."

"뭐라고요? 5백만 원이라고요? 너무 심하지 않습니까? 백만 원 월세에 한 달가량을 살았는데 보수비가 5백만 원이라니요? 화분 몇 개 깨지고 변기가 조금 고장 난 것을 가지고 너무 과하게 요구하고 계십니다. 그래도 여기는 기도원 아닙니까?"

"아, 내가 당신들 때문에 얼마나 마음 고생한 줄 알아요? 이거 청소하려고 해봐요. 골치 아프니까 빨리 수리비나 내고 차 빼라고요."

"그렇게 큰돈은 당장 없습니다. 제발 한번 봐주십시오."

"그래요? 나도 그 돈 받기 전까지는 문을 열어줄 수가 없으니 알아서들 하시오."

억울하고 기가 막혔지만 어쩔 수가 없었다. 이리저리 돈을 빌려 겨우 이사를 했다.

이 모든 것으로 인해 함께 생활하는 노숙자들에게 너무 미안했다. 제대로 된 시설도 하나 없이 마음만 앞서 가지고 이분들을 모시고 있는 것은 아닌가 하는 자책감이 일었다. 그래서 나와 아내는 그분들이 마음 편하게 다리 뻗고 살 수 있는 곳, 이곳저곳 떠돌아다니지 않고 정착할 수 있는 곳을 찾아 나섰다.

2000년 4월, 얼마 안 되는 사재를 모두 털고 일부 빚을 얻어 지금의 〈사랑의 울타리회〉가 있는 양평군 용문면 화전리의 초등학교 폐교 터를 구입했다. 1998년 4월 재활 프로그램을 시작한 지 만 2년 만의 일이었다.

"교수님, 이제 진짜로 다시는 이사 안 가도 되는 곳으로 가능교? 참

말이지예? 집 없는 설움이 가장 크다고 카던데 소원 풀었심더. 내사
마 청소를 해도 하나도 힘이 안 들것네요."

덩실덩실 춤추는 할아버지의 모습이 너무 천진난만해 보였다. 나
도 정말 좋아서 눈가에 절로 흐르는 눈물을 슬쩍 닦아냈다.

화전리 '쉼터'

"교수님, 죄송합니다. 저 다시 내려왔습니다."

"안녕하세요, 박 선생님. 지난번 경비로 취직될 것 같다며 올라가셨잖아요. 왜 그냥 오셨어요?"

"저처럼 집도 없고 가족도 없는 사람은 쓸 수 없다고 그러네요."

이런 일은 거의 하루가 멀다 하고 반복됐다.

"예, 쉼터입니다."

"교수님, 나 김○○요."

"안녕하세요. 건강은 어떠세요. 직장은 구하셨어요?"

"아직 못 했수다."

그분은 자립해 보겠노라고 사회에 나갔지만 장애인인 데다 연세도 많은 터라 쉽게 적응하지 못하고 여러 차례 전화를 하며 눈물을 흘리셨다. 좀 더 보살펴 드리지 못한 내 자신의 부족함이 안타까웠다.

새로운 둥지를 틀면서 나는 신분 보장이 안 되거나 몸이 불편하여 취직을 못 하는 사람들에게 생활 터전을 마련해 주기 위해 몇 가지 계획한 일이 있었다. 마침 내가 관계하고 있던 하나제어 회사에서 인근의 땅 5천 평을 기증해 주었다. 당시 나는 그 회사의 연구소장 직함을 가지고 있었다. 연구소 부지 용도로 기증받은 땅에서 회사의 양해를 얻어 유기 농업을 시작했다. 생명 농법으로 생산한 배추 한 포기, 무한 뿌리의 귀중함을 깨닫게 하면서 각자에게 저축하는 즐거움도 갖게 해주고 싶었다.

개인 통장도 하나씩 마련해 주었다. 자신들이 사회에서 버림받았다며 스스로 포기해 버린 인생에 삶의 불꽃을 하나씩 피워주리라 다짐했다. 함께 씨도 뿌리고 밭도 갈고 농작물을 수확하기도 했다. 처음으로 농작물을 수확하던 날, 함께 일하던 노숙자들이 얼마나 신기해하며 스스로를 대견스러워하던지….

"오매! 이 무 좀 보더라고. 요걸 내가 다 키웠다야. 믿기질 않는구먼. 너무 아까워서 먹지도 못허것네. 이야, 이 맛에 농사들을 하남?"

"이렇게 일하면서 땀을 흘리니까 몸도 절로 건강해지네요. 맑은 공기만 마셔도 배가 불러오는데요."

"이번 배추는 내다 팔믄 돈 좀 되것슈. 통장에 지금 삼만 원 있거든유. 쪼매만 더 보태믄 10만 원 되는 건 일도 아니것는디유."

그러나 일하는 즐거움은 오래가지 못했다. 얼마 지나지 않아 쉼터 식구들은 농사일 하기를 싫어했다. 매일매일 나가서 관리해 주고 보살펴야 하는 농사일을 힘에 부쳐 했다. 오랜 도시 생활 습관과 노숙자로 있으면서 몸에 밴 습성 탓에 농사일에 쉽게 적응하지 못했던 것이다.

"엊그제 갔어라. 또 가라고 그러요? 맨날 가서 뭐 한다요? 아, 잡초야 1주일에 한 번만 뜯어주면 되겠구만그랴. 난 가도 헐 일 없응께 다른 사람이나 데불고 가쇼."

"교수님, 전 허리가 아파서 못 가겠어유. 농사일이 왜 그리 힘이 든댜? 성격이랑 안 맞아유. 그만 할까봐유. 차라리 막노동을 하라면 하것소만… 다른 것은 그냥 시키는 일만 하면 되는디 농사일은 왜 쉴 짬이 없댜?"

게다가 쉼터 장소와 농사짓는 곳이 거리가 멀어서 자주 가기도 힘들었다. 어쩔 수 없이 유기 농법을 시행한 지 6개월 만에 중단해야 했고, 결국 연구소 부지의 농토도 폐쇄하고 말았다. 나의 실수를 인정할 수밖에 없었다.

특히 젊은 노숙자들에게는 경제적인 활동이 가능한 도시가 더 적합했다. 쉼터에 젊은 노숙자를 오래 머물게 하는 것은 바람직한 일이 아니었다. 인근에 공장이라도 있으면 하청을 받아 일할 수 있으련만 양평은 상수원 보호 구역으로 이렇다 할 공장이 없었다.

한두 달 몸을 추스르면서 근무할 수 있는 자리를 모색하다가 취직하면 바로 떠날 수 있는 곳! 그것이 쉼터가 노숙자들에게 해줄 수 있는 최선의 역할이었다. 그러나 그들이 그와 같은 취업 준비를 하기에 용문은 서울과 너무 떨어져 있었다.

"박 씨 아저씨, 일자리 좀 알아보셨어요? 전에 소개시켜 드린 곳은 연락해 보셨나요?"

"아이고, 서울이라 너무 멀어서 면접 보기도 힘드네요. 전화해 보니 직접 오라고는 하는데 전화 목소리가 영 신통치 않아서 가야 되나 말아야 되나 생각 중입니다. 가까우면 밑져야 본전으로 한번 가보겠는데…."

"교수님, 이 주변에는 어디 취직할 만한 곳은 없나요? 어디 이력서라도 한번 내고 싶은데 공장도 하나 없네요."

취업 준비도 제대로 못 하고 농사일도 적응하지 못하는 젊은 노숙자들이 빈둥거리며 귀중한 삶을 허비하고 있었다. 한마디로 쉼터가 그들에게 큰 도움을 주지 못하고 있었던 것이다. 그 문제로 고민하던 중 뜻밖에 서울시로부터 제의가 들어왔다.

"그곳에 계신 노숙자들 중 일하고 싶은 젊은 분들은 취업이 용이한 서울 근교의 노숙자 지원 센터로 보내고, 거동이 불편한 할아버지들만 모시면 어떻겠습니까? 서울시에서 현재 운영하는 쉼터를 지원하겠습니다."

마침내 2000년 12월, 우리들은 쉼터에 새 건물을 짓고 노인분들을 모셔올 수 있었다. 새로운 둥지에서 새로운 식구들을 맞이한 것이다.

쉼터 생활을 하다 보면 궂은일들이 많이 생긴다. 하지만 이곳도 사람이 사는 곳이다 보니 재미있는 일도 가끔씩 벌어진다. 쉼터에서 봉고차로 10분 정도 가면 새로 임대한 땅이 나온다. 단월면 광탄리 산

비탈 아래에 있는 1천여 평의 논과 밭인데 농사짓기를 원하는 할아버지들이 운동 삼아 소일을 하게 하려고 마련한 땅이다.

그곳에선 이따금씩 쉼터의 야채 먹거리를 제공한다. 상추를 비롯해 고추, 깻잎, 배추, 무 등을 재배해서 식탁에 올려놓는다. 특히 폭우로 야채가 비쌀 때에는 아주 요긴하게 쓰인다.

아침 6시에 일어나 7시에 식사를 하고 나면 자원자 중 몇 분은 봉고차로 이동한다. 쉼터 생활이 무료해서인지, 아니면 농사일을 하고 싶어서인지는 모르겠지만, 4~5명의 할아버지와 함께 농지를 찾아가 노라면 어느덧 얘기꽃이 한창이다.

"어제는 동네 할머니들과 참 재미있는 얘기를 나눴는데 오늘은 무슨 얘길 나누지?"

"다 늙어서 무슨 얘깃거리가 따로 있나? 그냥 얘기 나누면 되지."

"아니야, 그래도 할머니들이 재미있어 하는 얘기를 해야지 좋아할 거 아니야?"

할아버지들은 머리를 맞대고 직원회의를 하듯 쑥덕쑥덕 여념이 없다.

농지에 도착해 호미와 바구니 등을 내려놓으면서부터 일이 시작된다.

"상추가 잘 자랐지?"

"그럼, 아주 먹음직하게 잘 자랐지."

"이곳이 공기 맑고 깨끗한 걸로 유명한 용문산 자락 아닌가? 이런 건 서울 어느 곳에서도 찾기 힘들지."

그날 먹을 채소를 바구니에 담다 보면 어느덧 점심시간. 맛있는 반찬은 없지만 일을 해서인지 할아버지들은 꽤나 맛있게 식사를 하신다.

"참, 영감, 그 자그마한 할머니 말이야. 젊어서 간호사를 했다는구먼. 그래서 그런지 사람이 나이 먹은 것 치곤 퍽 건강한 것 같아. 젊어 보이고 말이야."

"그 할망구 나이가 몇인데?"

"왜 나이 젊으면 데이트라도 한번 할껴?"

"왜 한번 하믄 안 되냐? 같이 늙어가는 처지에 다방 가서 코피라도 한 잔 먹음서 세상 사는 이야기도 허고."

"이 사람, 왜 그래? 나이가 일흔이야, 일흔!"

그렇게 다투듯 이야기하다가 내가 웃는 것을 알아차리고는 민망하셨나 보다. 슬그머니 저쪽으로 자리를 옮기신다.

오후 일은 더운 탓도 있지만 대충대충 끝낸다. 일 한 번 하고 마을 쪽의 정자나무 한 번 보고… 담배 태우시는 모습을 보고 있노라면 요즘은 자꾸 아버지 생각이 난다.

'우리 아버지도 살아계시면 저분들 연세였을 텐데….'

할아버지들 모습 속에서 아버지의 얼굴이 떠올라 옛 추억에 잠겨 보기도 한다.

이윽고 동네에 사시는 할머니 몇 분이 정자나무 아래 모이는 시각, 할머니들이 모인 것을 먼 발치에서 본 할아버지들은 그만 일손을 놓고 하나둘씩 나무 아래 평상으로 향한다. 그러곤 할머니들이 싸가지고 온 옥수수며 고구마 따위를 드시면서 이런저런 얘기를 나눈다.

할아버지 중 한 분인 박 영감님은 일하다가 그만 졸도를 하셨는데도 그 다음 날 또 일하러 가시겠다고 고집을 피우셨다.

"할아버지, 오늘은 쉬세요. 다른 분들도 많이 가니까 일하는 데 지장이 없을 거예요."

"많이들 가? 누구누구 가는디? 말혀 봐요?"

나는 굳이 가시겠다는 이유가 밭에 심은 채소가 걱정돼서 그러는 줄 알았다.

"김 영감님, 이 영감님, 최 영감님 또….""

"뭐야? 이 영감이 일하러 가? 그 게으름뱅이 굼벵이가? 흥, 내가 그 속 모를 줄 알고? 안 돼여! 그 영감이 간다믄 나도 가야제. 암 나도 간다니께."

막무가내로 옷을 입고 나서는 박 영감님을 다시 방으로 모시고 오느라고 힘든 실랑이를 한다.

"좋다고, 좋아. 그라믄 내 오늘은 안 가지요. 그 대신 이 영감을 이리로 데리고 오라고. 빨리 가서 데리고 와요. 차 뜨기 전에 빨랑."

박 영감님과 이 영감님 두 분은 연적이셨던 것이다.

이곳에서 생활하는 분들 중 80퍼센트가 60세 이상의 할아버지지만 심심치 않게 사건도 많다. 그중에서도 가장 큰 원인은 술이다. 이제 인생의 지혜가 깊어질 연세의 어르신인데도 술의 유혹은 이기질 못하신다.

"여보세요. 거기 쉼터죠? 여기 경찰섭니다."

"네? 무슨 일이십니까?"

"김○○ 영감님이 그곳에 계시는 분인가요? 막걸리를 몇 잔 드셨는데 술값이 없으시답니다. 모시러 오셔야겠습니다."

부랴부랴 경찰서에 가보니 한쪽에 앉아 계시던 할아버지가 나를 보고는 벌떡 일어나신다. 그러더니 눈물이 글썽글썽해지신다.

"괜찮으세요? 어디 불편한 데는 없으시고요?"

"응, 나 처음에는 딱 한 잔만 할라고 안 했나? 그기 잘 안되는 기라. 미안해서 우짜노? 나를 찾으러 안 온다 카면 어쩌나, 사실 걱정 억수로 하고 있었데이…."

"그럴 리가요? 저희는 가족인데요."

쉼터의 형편이 넉넉지 못한 탓에 허술한 반찬 세 가지에 잡곡밥이 한 끼 식사 메뉴다. 입맛이 없어서 그런지 밥 한 공기를 드시는 분이 드물다.

잘해 드리지도 못하는데 마음이라도 편하게 해드리고 싶어 규율이나 질서는 강조하지 않는다. 그냥 집에서 생활하는 것처럼 자유롭게 외출·외박이 있다 보니 가끔 경찰서에서 나를 찾는 경우가 있다. 밤은 깊었는데 연락이 없어 걱정하다가 먼발치에서 인기척이라도 들리면 그렇게 반가울 수가 없다.

이곳에 모시고 있는 쉼터 가족들은 모두 110명. 정원 200명의 수용시설로 서울시의 재정 보조를 받아 운영되고 있다. 서울시 보조는 인건비와 함께 한 끼 부식비 천 원과 전기료 등 공과금이 전부다. 노인

분들이 무슨 돈이 필요하냐고 하겠지만 그렇지 않다.

무엇보다 할아버지들 대부분이 담배를 좋아하신다. 건강에 좋지 않은 것은 알지만 몇 십 년을 벗 삼아 태워온 담배를 냉정히 끊으라고 할 수가 없다. 부식비를 줄여서 한 주에 두 갑을 드렸다. 하지만 그나마도 더 이상 할 수가 없게 됐다. 한 갑에 2백 원 하던 '솔' 담배를 더 이상 구하기 어렵게 되었기 때문이다. 담배가 유일한 낙이신 할아버지들, 은근히 걱정이 된다.

"할아버지, 왜 하루 종일 아무 말씀도 안 하세요? 여기가 싫으세요?"

"아니야. 뭐 특별히 할 말이 없네. 여기 이렇게 와 있는 처지에 내 이야기 하든 뭐 하것어?"

"지난 이야기가 하기 싫으시면 다른 이야기라도 나누세요."

"응, 차츰 사람들 사귀면 그러지 뭐."

이곳에서 생활하는 분들의 금기 사항 몇 가지.

"옛날에 뭐 하셨어요?"

"자제분은 어떻게 되나요?"

"어떻게 오시게 됐어요?"

마음의 상처를 건드리지 않으려는 무언의 약속으로 서로 과거에 대해 묻지 않는다. 과거를 감추려는 쉼터의 할아버지들은 그저 잠시나마 마음 붙일 곳을 찾으려고 애쓴다. 책에 마음 붙이는 분이 있는가 하면, 기회가 생길 때마다 술을 마시는 주당파 할아버지들도 있다.

한 할아버지는 장날 가까운 용문시장에 나가 토끼 새끼 네 마리를 사오셨다. 손수 집을 짓고 먹이를 주고… 할아버지의 얘기 주제는 당연히 '토끼', 네 마리 토끼는 어느덧 열 마리로 늘었다. 농사일에 열중하셔서 늘 아침저녁으로 채소 돌보는 게 낙인 분들도 있다. 산으로 나물이며 약초를 캐러 다니는 분들도 있다.

그중에 할아버지 한 분은 20∼30년 된 산삼을 세 뿌리나 캐신 적도 있다. 어찌어찌 소문이 나서 근처 한약방에서 1천만 원을 줄 테니 팔라는 제안도 받으셨단다. 그러나 할아버지는 거절하셨다. 우리는 이유가 너무 궁금했다. 과연 그 산삼을 어찌 쓰실 건가? 놀랍게도 할아버지는 자신의 손주에게 그 산삼을 보내셨다. 손주가 어려서부터 유달리 몸이 약했다는 것이다. 당신은 용돈 한 푼이 없어 늘 아쉬워하면서도 선뜻 그 산삼을 보내는 마음!

우리 모두는 조건 없이 자손을 향해 베푸시는 할아버지의 사랑에 감동했다. 이처럼 따뜻한 마음을 가지신 분이 쉼터에는 많이 계신다.

또 하나의 사연.

우리 쉼터에서 가장 나이가 어린 사람은 1970년생인 정신 지체 장애자다. 교통사고 후유증으로 자신의 나이와 이름은 물론 주소, 전화번호도 기억하질 못한다. 처음엔 대소변도 못 가릴 정도로 상태가 안 좋았는데 이제는 몇 마디 말은 할 수 있을 만큼 상태가 호전되었다. 그는 그저 김 씨로 통한다.

"김 씨가 방에서 대변을 봤다고요? 치워 드릴게요."

"아냐, 벌써 우리가 다 치웠어. 그리구 김 씨 깨끗이 씻겨서 옷도 갈아입혔어."

"빨리 부르지 그러셨어요. 기운도 없으면서 덩치가 큰 김 씨를 어떻게 화장실로 옮기셨어요?"

"내 혼자 했나? 여기 있는 사람들 다 같이 옮겼지."

평소에는 술을 너무 좋아해서 주당파로 특별 보호 처분을 받는 할아버지들이지만 몸이 불편한 서른두 살의 어린 청년 앞에서는 아픈 자식을 대하듯 살가워진다. 가끔씩 외출을 나가서 이 모양 저 모양으로 일을 벌려 난처하게 만들다가도 이런 방법으로 실수를 만회한다.

독수리 5형제가 지구를 지키듯이 이 쉼터를 지키는 다섯 명의 전사가 있다.

쉼터의 기관사! 실제로 철도역장을 정년퇴임하고 보람 있는 일을 찾아 기꺼이 쉼터로 오셔서 할아버지들에게 상담도 해드리고 어려운 점도 보살피시는 사무장님.

쉼터의 발! 처음 쉼터가 생겼을 때부터 쉼터 봉사를 했다. 직접 벽돌과 시멘트를 나르고 일일이 보일러와 전기 배선을 설치하는 등 잡일을 도맡아 해주신다. 응급 환자를 모시고 낮이나 밤이나 액셀러레이터를 밟으시는 기사님.

쉼터의 오른손! 주방에서 늘 적은 양의 부식으로 어떻게 하면 맛있고 풍성한 음식을 만들까 고민하시는 주방장님.

쉼터의 왼손! 빨래, 청소, 설거지, 허드렛일 등 손이 가야 할 모든 곳에 숨어서 땀 흘리시는 아주머님.

쉼터의 눈! 대학을 마치고 갓 군대를 제대한 청년. 서울에 애인이 있음에도 불구하고 토요일, 일요일에도 쉼터에 머물면서 할아버지들의 고충 사항을 살핀다. 애인의 맘이 변치 않아야 할 텐데….

그러나 이 다섯 분으로 110명을 돌본다는 것은 불가능하다. 그 불가능을 가능으로 만들어준 분들이 자원 봉사자들이다. 방범일과 함께 화장실이나 세면장 청소, 목욕시키기, 이불 빨래 등 헌신적으로 일하는 분들이 계셔서 쉼터는 마치 기적과도 같이 운영된다.

고백할 점 한 가지가 있다.

지난여름 무더운 날씨에도 방에 선풍기 하나 제대로 설치해 드리지 못했다. 수용 시설에 어찌 선풍기도 하나 달지 못했냐고 추궁하면 할 말이 없다. IMF 등 워낙 어려운 사회 여건 속에서 시작한 쉼터였기에 자리 잡기가 쉽지 않았다.

이곳에 처음 오신 분들 중에는 갈아입을 내의 하나 없이 오시는 분들이 많다. 비누, 치약 등 한꺼번에 100여 명 이상이 사용할 생필품을 사노라면 겨울 내의 준비하는 것도 쉽지 않아서 후원금이 들어올 때마다 겨울 준비를 위해 모아두기 바쁘다. 형편이 이렇다 보니 외출·외박하실 때 용돈 한번 드리질 못하고 있다.

총 인원 110명 중 50~60여 명이 1년 정도 계신 분들이고 나머지 분들은 1년이 채 못 되게 계신 분들이다. 짧으면 1개월, 길면 6개월 정도 계시다가 다른 시설을 찾아가신다.

"박 영감님이 며칠 전 나가시더니 계속 안 들어오시네요."

"어데 딴 데 갔나보네."

"뭐 불편한 게 있으셨을까요?"

"전에 보니 김 씨랑 막 싸우던데, 그것 때문인가? 하기야 하루에 두세 번은 이 사람 저 사람 붙들고 시비 거는데 뭐."

"몸도 불편하신데….."

"너무 속상해하지 마쇼. 교수님, 워낙 여기 있는 사람들이 역마살이 꼈으니께. 한 곳에 오래 못 있제."

그러나 나는 안타깝다. 외박 나가셨다가 돌아오시지 않을 때면 내 부족함에 서글프다. 좀 더 좋은 시설에서 편안한 생활을 하실 수 있게 했으면 저렇게 떠돌아다니시지 않았을 텐데….

이러한 상황에서 쉼터의 할아버지들이 유명을 달리하면 마음은 더 답답해진다. 살아생전 제대로 모시지도 못했는데 장례 또한 격식을 갖춰드리지 못하고 있으니 말이다.

이곳에 오신 지 두 달 만에 샤워실에서 쓰러져 숨을 거둔 할아버지가 계신가 하면, 화장실에 기절해 있다가 새벽녘에 발견돼 산소마스크를 쓴 채로 국립의료원으로 후송되던 중 그만 차 안에서 돌아가신 할아버지도 계셨다.

이곳에 거주하시는 분들이 연세가 많고 병약한 분들인 까닭에 죽음이 특별한 사건은 아니지만 막상 세상을 뜨시고 난 이후에는 허탈하기 그지없다. 특히 소천한 후 소지품을 뒤져 가까스로 가족에게 연락을 했는데도 화장할 때까지 얼굴 한번 드러내지 않는 고인의 가족들을 생각하면 너무나도 목이 메인다.

무슨 사연이 있기에 그리도 야박하게 이 세상 마지막 모습조차 보기 싫어하는 것일까? 인생에 지친 나그네의 처지가 되어버린 할아버지들, 등을 기대고 손을 잡을 수 있는 가족을 그리워하며 오늘도 쉼터에 머물러 계시는 것이 안타깝기만 하다.

Chapter 5
영혼을
불어넣어

도와주는 손길들

"여보슈. 지금 뭐하자는 겁니까? 쓰잘 데 없는 잡소리일랑 집어치우라고. 당장 배가 고파 죽게 생겼는데 뭔 하나님이 어쩌고저쩌고 하냔 말이여. 그냥 돈 있으면 몇 푼 주고 가라니깐. 시원찮은 사람을 붙들고 뭔 설교여…."

내 앞에 앉아 있던 몇몇 노숙자들이 서로 눈짓을 하더니 슬그머니 자리를 피한다. 다리에서 힘이 쭉 빠졌다. 그는 처음부터 나를 적대시했다.

"돈 얼마 쥐어주고는 더럽게 생색내는구먼. 쩨쩨한 인간 같으니라고. 나는 이런 돈 필요 없으니까 돈에 환장한 인간들한테나 던져줘. 서울역에서 이러고 있으니깐 모두 지 장난감인 줄 아는가벼. 우리도 사람이여."

그 사람을 몇 번 더 마주칠 기회가 있었지만 말조차 걸질 못했다.

가끔 내가 다른 노숙자에게 돈을 주거나 이야기를 할 때면 싸늘한 표정으로 냉담하게 쳐다보거나 큰 목소리로 빈정거렸다.

"알고 보니 대학 교수시라는구먼. 치, 그래서 그동안 잘난 척하면서 우리들을 가르치려 했나벼. 먹물 좀 먹은 인간이니까 그렇게 어깨에 힘을 줬냐?"

"너 자꾸 왜 그러냐? 좋으신 분이여. 얼마나 우리한테 진심으로 잘해 주시는디. 죽을병에 걸렸다가 살아났대. 그래서 우리처럼 어려운 사람 형편을 누구보다 잘 알고 계신다니께."

나중에 나와 친해진 몇몇 노숙자들이 그러지 말라고 해도 소용이 없었다. 고민을 했다. 내가 한 행동들이 오히려 그들에게 상처가 된 것은 아니었을까? 어떻게 해야 그들의 마음을 열 수 있을까? 나는 진심인데 상대가 가식으로 느낀다면 내게 문제가 있으리라.

'하나님, 그들을 변화시킬 수 없다면 저를 변화시켜 주십시오.'

서울역에 다녀온 날이면 늘 자신을 되돌아보았다.

그러던 어느 날 사건이 터졌다. 나에게 늘 핀잔을 주던 그 사람이 복통을 호소하고 있었다. 내가 "함께 가줄 테니 염려하지 말고 병원에 가자."고 권유했지만 그는 일언지하에 나와의 동행을 거절했다. 할 수 없이 몇몇 노숙자들과 함께 병원으로 간 그를 바로 뒤쫓아 갔다.

그는 병원에 도착하자마자 맹장 수술을 했다. 나는 그가 의식이 돌아올 때까지 곁을 지켰다. 밤이 깊어 나도 모르게 잠깐 잠이 들었는데 손끝에서 따스한 무엇인가가 느껴졌다. 눈을 떠보니 그가 내 손을 잡고 있었다.

"…."

"고맙소."

그가 고개를 한쪽으로 돌리고는 목멘 소리로 이어서 말했다.

"나 땜에 맘 상한 것 있으면 미안하요. 다 내가 못나서 그랬수다. 용서하쇼."

그가 병원에 있는 동안 나는 그와 친해졌다. 그는 자신의 이야기를 했고 나 역시 힘든 점을 이야기했다. 퇴원할 즈음이었다.

"내가 교수님이 하는 일을 도울 일이 없겠소? 뭐든 시켜만 주면 열심히 하리다."

이때부터 그는 나의 일을 도와주는 동반자가 되었고 그 덕에 더 많은 노숙자들과 친해질 수 있었다.

나와 함께 일하는 사람들은 이처럼 뜻하지 않은 인연으로 만난 사람들이 대부분이다. 힘들고 어려워도 불평 한 마디 하지 않고 묵묵히 일하는 쉼터 지킴이들.

"몸이 아픈 분들이 너무 많아요. 여기에 처음 오면 며칠간은 식사도 제대로 못하고 2, 3일씩 계속 잠만 주무시지요. 그리고 깨어나면 폭식을 하고…. 긴장이 풀려서인지 기침이 심해지거나 관절 통증을 호소하시기도 하고요. 제대로 거동을 못 하는 분들도 많아서 걱정이에요. 병원에 가서 진찰이라도 한번 받을 수 있도록 하면 좋겠는데요."

쉼터 지킴이들은 이렇듯 진지하게 환자분들을 보살핀다. 정말 고마운 분들이다.

"교수님, 처음에는 단순히 호기심 때문에 시작했어요. 한두 번 하고는 너무 힘들어서 '다음에는 오지 말아야지!' 결심하고 돌아섰거든요. 그런데 막상 봉사하러 갈 날이 가까워지자 저도 모르게 자꾸 달력을 보게 되더라고요. 쉼터에 계신 분들이 걱정도 되고요. 양심상 차마 안 갈 수가 없던데요. 그렇게 세 번, 네 번… 이제는 제가 쉼터에 중독됐나 봐요. 봉사 활동에 한 번이라도 빠지면 영 찝찝하고 불안하고 그래요. 몸이 좀 아프더라도 쉼터에 가서 봉사 활동을 하고 나면 기분이 상쾌하고 가뿐해지는 게 사우나나 헬스클럽에 다녀온 것 같다니까요. 하는 일도 비슷하잖아요. 뛰는 대신 이불 빨래 밟고, 역기 드는 대신 물먹어 무거워진 이불 들고 다니고, 복근 운동 대신 걸레질하고…."

이렇게 너스레를 떠는 이는 서일대 119 봉사대원 중 한 명이다. 처음 70여 명이나 되는 노숙자들을 쉼터로 이주시키는 힘든 일을 도맡았고, 화장실 청소 같은 궂은일도 마다하지 않은 아름다운 청년이다.

쉼터 외부에서만 도움의 손길이 있는 것은 아니다. 얼마 전 갑자기 화장실에서 심장마비 증세로 돌아가셔서 우리를 안타깝게 한 이○○ 할아버지.

"나, 그냥 약이라도 먹고 죽고 싶어. 이게 뭐하는 거야. 늘그막에 집도 없이 떠돌아다니는 게 지겹다고."

여러 날 자신의 처지를 비관만 하셨다. 그러다가 주변에 불편한 할아버지들을 한 분, 두 분 보살피시더니 쉼터의 일을 본격적으로 도와주셨다. 사무실에서 전화도 받으시고 자청하여 경비도 서주셨다. 이제는 고인이 되었지만 아름다운 분이었다.

부인이 만성 백혈병 환자인 어떤 분은 같은 처지였던 내가 완치되어 쉼터 일을 하고 있다는 소식을 듣고 어떻게든 도움이 되고 싶다며 한 달도 거르지 않고 후원금을 보냈다.

"저… 저기요. 돈을 좀 보내고 싶은데… 너무 적거든요."

"감사합니다. 선생님의 따뜻한 마음이 함께하는 후원금이라면 여기에서 생활하시는 분들에게 큰 용기가 될 겁니다."

또 다른 후원자. 노숙자였던 그분은 동병상련의 아픔을 겪었던 분으로 꼬박꼬박 후원금을 송금한다.

"저도 전에는 잘 곳이 없어 지하철역 신세를 톡톡히 졌던 사람입니다."

"아, 그러셨군요. 지금은 일을 하고 계신가 봅니다."

"보일러 수리 기술을 좀 배웠거든요. 벌이가 넉넉지는 않아서… 적은 돈이라 미안합니다. 그래도 꼭 돕고 싶어서요. 그리고 그분들에게 힘내라고 말씀 좀 전해 주시고 잘 보살펴 주십시오. 적어서 죄송합니다."

그저 가정주부라고만 밝히고 2년 동안 꾸준히 후원금을 보내주는 여자 분도 있다.

1년에 한 번씩 5백만 원이라는 큰돈을 몇 년 동안 꼬박꼬박 후원하면서도, 갑작스런 어려움이 닥칠 때마다 보내는 SOS 신호에 또다시 거금을 보내주는 분도 있다.

이렇게 크고 작게 그러나 똑같은 사랑의 마음으로 후원금을 보내주는 분들, 우리에게는 없어서는 안 될 버팀목과도 같은 존재다. 쉼터를 보살펴 준 그 많은 사람들. 후원금과 함께 노숙자들에게 마음을 적어 보내는 편지에서도 따뜻한 마음들이 느껴진다.

쉼터 일을 하다 보니 자연히 매스컴에 출연할 기회가 많아졌다. 인기 TV 프로그램인 KBS의 〈이것이 인생이다〉와 MBC의 〈칭찬합시다〉 등에 출연하게 되면서 가끔은 길거리에서도 나를 알아보는 사람들 때문에 괜히 얼굴이 빨개질 때가 있다.

"참 좋은 일 하시네요."

웃으며 아는 척하는 사람이라도 만나면 뭐라 할 말이 없어 웃고 만다. 심지어는 SBS의 〈8시 뉴스〉에까지 쉼터와 나의 이야기가 방송되었다. 조선일보, 한국일보, 중앙일보 등에 기사화된 적도 여러 번 있다. 그러다 보니 유명인사가 돼버렸다. 쉼터를 알리려고 한 일이 어쩌다 나를 알리는 일로 바뀌었는지….

얼마 전 방송국에서 또 인터뷰 신청 전화가 왔다. 마음이 약해서 망설이기도 했지만 거절했다. 나는 단지 얼굴마담일 뿐 실제로 힘들고 중요한 일은 자원 봉사자와 후원자의 몫이다. 그런데도 칭찬은 내가 받고 그분들은 고생만 한다. 그래서 나는 그분들 앞에서 늘 부끄러움을 느낀다. 그들은 오른손이 한 일을 왼손이 모르게 하고 있는데 나는 제대로 하지 못한 일들을 온 세상이 알도록 자랑하는 게 아닌가 하고 고개 숙일 때가 많다.

1999년 겨울. 우리들은 서울의 추운 겨울밤을 보내고 있을 노숙자들을 쉼터로 초대하는 전단지를 만들어 지하철역 주변에 배포했다.

추워지기 시작합니다. 따뜻한 잠자리와 뜨끈한 국물이 생각나는 계절입니다. 콩밭에 둘러앉아 모닥불에 구워먹던 콩 맛의 고소한 추억과 주름이 깊으셨던 할머니의 옛날이야기, 친구 녀석들과의 장난에 잠 못 이루던 늦가을의 아련한 동심들…. 이 모두가 잊을 수 없는 우리 마음의 소중한 고향입니다. 그리 멀지 않은 어릴 적 여러 추억들을 가슴에 묻고 지금은 거리에서 어렵게 밤을 보내고 있는 형제들의 어려움을 함께할 수 있는 방법은 없을지….

이 겨울을 가족으로 함께 살고픈 형제들을 초청하고자 합니다. 우리는 특별한 행사 없이 그냥 즐거운 놀이로 하루를 보내고 싶습니다. 성경도 배우고 대화도 나누는 만남의 시간도 준비했고요. 건강을 위해 의사와 간호사가 정기적으로 검진도 해주려고 합니다. 미용사들도 단정하고 예쁜 머리를 해주겠다고 합니다. 젊은 학생들은 족구 시합도 하자고 합니다. 유치원 친구들은 재롱 잔치를 준비하고 있고요. 그 외에도 여러 교회에서 여러분을 조금씩 도와주고 싶다고 합니다. 그리고 일자리를 마련하는 방법들도 여러 가지로 찾아보려고 합니다.

우리와 함께 이 겨울을 보낼 생각은 혹시 없으신지요? 함께 웃고 함께 울며 가족 이야기도 하고 새로운 일들도 찾아보고 서로가 아픈

마음도 위로하고 새로운 동료도 사귀면서 긴 겨울을 함께 만들어 가
시면 어떻겠습니까?

1999년 11월 1일(월) 오후 8시 서울역에서 만나요! 물 맑고 경치 좋
은 양수리 수양관이 여러분을 기다리고 있답니다.

— 사단법인 한국 사랑의 울타리회.

그날 우리는 추위에 떨고 있는 노숙자들을 반갑게 맞이하고 함께
봉고차에 오를 수 있었다. 의사, 간호사, 미용사, 학생, 유치원 아이들
에 이르기까지 다양하게 쉼터를 돕는 손길들이 있기에 가능한 일이
었다. 그해 겨울 쉼터에는 온정이 넘쳤다.

인간이 되고픈
피노키오

둘째 효진이가 책상에 앉아 동화책을 열심히 읽다가 잠시 나갔다. 무슨 책인가 보니 『피노키오』였다. 한 장, 두 장 책장을 넘기다가 끝까지 읽게 되었다. 어렸을 적에는 그저 재미있는 동화책이기만 했는데 두 아이를 기르는 아비가 되어 다시 보니 또 다른 느낌으로 다가왔다.

처음에는 아무것도 할 수 없어 의자에만 앉아 있던 피노키오. 천사의 도움으로 움직이긴 했지만 여전히 나무 인형에 불과했던 피노키오. 그러다 자신을 만들어 준 할아버지를 위해 헌신하는 사랑의 마음을 갖게 되자 비로소 인간이 되는 피노키오.

'맞아! 아이들은 모두 나무 인형 피노키오에서 출발하여 마침내 인간이 되는 거구나. 거짓말도 하고 게으름도 부리고 나쁜 짓도 하지만 끊임없는 관심과 사랑을 받게 되면 결국 그 사랑을 보답하는 사람으로 거듭나는 피노키오들이구나!'

스코틀랜드 출신인 R. 모리슨 목사 역시 어렸을 적 이런 피노키오였다. 그는 일찍 부모를 여위었다. 끊임없이 말썽을 부려 주위에서 '구제불능의 말썽쟁이'란 비난까지 듣고 자라났다.

한 후원자가 어려운 환경의 모리슨을 발견하고 사랑을 전해주었다. 하지만 모리슨은 사준 옷을 두 번씩이나 모두 다 찢어버렸다. 그러다 세 번째로 '진실한 사랑이 담긴 옷'을 받은 모리슨은 마음을 돌렸다. 그 후 교회에 다니며 신앙생활을 한 모리슨은 결국 중국어 사전과 성경을 출간, 중국 선교 개척에 혁혁한 공을 세운 선교사가 되었다. 사랑을 받은 후 '말썽쟁이'에서 '보석 같은 존재'로 변한 것이다. 나는 이처럼 따뜻한 사랑과 관심이 필요한 피노키오 몇 명을 알고 있다.

몇 년 전 일이다.

퇴원한 지 얼마 되지 않았을 때 나는 몸이 불편한 이들을 보면 그냥 지나치질 못했다. 골목길에서 한 아이가 힘겹게 한 발 한 발 움직이고 있었다. 오르막길에 이르자 아이는 긴 한숨부터 내쉬었다. 주위의 사람들은 아이를 외면했다. 옆에서 보기가 안타까웠다. 나는 아이에게로 향했다. 그렇게 그 아이와의 인연이 시작되었다.

"도와줄까?"

"아니요."

말은 그렇게 했지만 한쪽 팔을 잡아주자 그 아이는 곧 나에게 의지했다.

"몇 학년이야?"

"학교에… 안 다녀요."

"왜?"

"몰라요."

집에 바래다줄 때까지 아이는 더 이상 한 마디도 하지 않았다.

"고맙습니다."

그러고는 잠깐 웃는 듯한 표정을 짓더니 바로 집으로 들어가 버렸다. 그 후 다시 골목에서 아이를 만났을 때는 아이가 먼저 아는 척을 했다.

"안녕하세요?"

"어, 그래. 잘 있었니? 어디 가니?"

"공장에 가요."

이제 초등학교 3학년이 되어야 할 열 살 된 아이는 학교 대신 공장에 다녔다. 한창 또래아이들과 어울려 놀아야 할 시기에 아이는 미싱 보조로 일하고 있었다. 어려서 아버지를 여의고 어머니가 가출한 다섯 살 이후로는 부모를 본 기억이 없다고 했다. 고아에 장애까지, 소년은 갖출 수 있는 불행을 죄다 갖춘 모습으로 어린 시절을 보내고 있었다. 정말 안타까운 것은 사람이 무섭다는 아이의 말이었다.

"왜 무서운데?"

"저한테 말도 막 하고요. 심부름도 막 시키고요. 그리고 안 하면 때리고 그래요."

"나는 안 무섭니?"

"아저씨는 욕도 안 하고 손도 잡아주고… 좋은 사람 같아요."

"그럼 우리 친구할까?"

"그래도 돼요? 아저씨가 저 같은 애랑 친구할 수 있어요?"

"그럼. 나는 네가 좋은데 너야말로 아저씨랑 친구해 줄 거야?"

"예!"

처음으로 아이 얼굴에 웃음꽃이 피었다. 어머니의 가출 후 형편이 어려운 고모 댁에서 자라면서 어린 나이임에도 삶의 짐을 지고 살았을 그 아이. 내 어린 시절의 공장 생활이 떠올라 더 애틋하고 측은하게 여겨졌다.

그 후로도 종종 그 아이와 만나 얘기를 나눴다. 밥도 사주고 용돈도 주면서…. 여전히 말이 없고 사람 만나는 것을 꺼려 했지만 날이 갈수록 어른스러워졌다. 자신의 삶을 비관하지도 않고 열심히 살려고 노력하는 모습이 대견스럽기도 하고 안타깝기도 했다. 그래도 여전히 남아 있는 아이 얼굴의 어두운 그림자. 진정한 사랑과 보살핌만이 그 그림자를 지워주겠지!

그 아이와는 다른 환경이지만 또 한 명의 피노키오가 있다.

어느 날 쉼터에 초등학생들이 단체로 봉사 활동을 왔다. 6학년이라 약간은 어른스러워 보였지만 그래도 어린 아이들인지라 봉사 활동의 의미는 모르는 듯했다. 반장이라는 아이가 나에게 찾아와 말을 걸었다.

"봉사 활동하는 것이 많이 힘들어요. 이렇게 힘든 건지 몰랐어요."

"일하기 많이 힘드니?"

"예."

그 아이는 주저 없이 대답했다.

"그럼 첫 소감을 물어봐야겠네."

"그저 그래요."

장난기 섞인 말투로 내게 말했다.

점심시간이 되었다. 12시부터 시작된 점심시간이지만 학생들은 1시가 넘어서야 점심을 먹었다. 청소를 한 후라 배가 무척 고팠겠지만 쉼터 식구들의 식사가 끝날 때까지 기다려야만 했다.

"아저씨는 힘들지 않으세요?"

또다시 그 학생이 말을 걸어왔다.

"또 힘드니?"

"예, 많이 힘들어요. 아저씨는 매일 이곳에서 일하세요?"

'일'이라는 말에 순간 당황했다. 봉사를 단순히 일이라고 생각하는 초등학생에게 어떻게 설명을 해야 할까?

"사실 이곳에 처음 도착했을 때 많이 놀랐어요."

"왜?"

"그냥 사람들이 무서웠어요."

"네가 무섭다고 생각했기 때문에 더 그랬을 거야. 여기 계신 분들은 모두 좋은 분들이야."

"네…."

내 말뜻을 이해했는지 못했는지 아이가 시무룩하게 대답했다.

"이런 시설이 없어져야 우리나라가 좋은 나라가 되는 거야."

오후가 되자 학생들은 지쳐 있었다. 반장이 다시 왔다. 아까와는 표정이 달랐다.

"저는요, 지금까지 '나는 왜 좀 더 잘생기지 못했을까? 우리 집은 왜 부자가 아닐까?'라고 생각해 왔어요. 누구나 한 번은 이런 생각을 하잖아요."

"그래…."

"그런데 지금은 달라요. 그런 생각을 했던 제 자신이 많이 부끄러워요. 그리고 제가 행복하다는 걸 이제는 알겠어요."

기특했다. 비록 자신보다 못한 사람들을 통해서 행복을 찾은 아이지만 그들의 아픔을 조금이라도 느꼈고 자신의 행동을 뒤돌아볼 수 있게 된 것만으로도 충분했다.

"근데 여기는 왜 봉사하는 분이 생활하는 분보다 훨씬 적어요?"

"다른 곳도 마찬가지야."

"그래요?"

믿기지 않는다는 표정이 역력했다.

"그렇다니까…."

아이가 상상하던 사회는 현실보다 더 따뜻한 곳이었으리라. 실망한 표정으로 서 있는 아이는 무슨 생각을 했을까? 어린 초등학생들이라 아무것도 못하리라 생각했는데 그렇지 않았다. 자신들에게 맡겨진 일을 어른 못지않게 열심히 하는 모습이 참 좋았다.

"아저씨, 저는요 집에서 걸레질 한번 안 했던 것이 엄마에게 죄송하고요, 이번 봉사 활동으로 많은 것을 느꼈어요. 첫째는 부모님을 모시고 살고, 둘째는 봉사 활동을 열심히 하고, 셋째는 내 방을 내 힘으로 청소하기로 마음먹었어요. 이 세 가지는 앞으로 꼭 지켜 나갈 거예요. 아저씨, 이렇게 일하게 해주셔서 감사합니다."

그날 잠자리에 들어서까지 학생들의 행동과 말이 풀 향기처럼 긴 여운으로 남았다. 내가 그 나이 때 남을 생각하는 마음이 있었던가? 나를 부끄럽게 한 녀석들이었다.

이 아이들이 계속 이런 순수한 마음을 갖고 성장할 수 있도록 지키는 것이야말로 우리 어른들과 사회의 몫일 것이다. 장난감 인형으로 남아 있는 피노키오가 아니라 따뜻한 마음과 사랑의 손길을 가진 피노키오가 될 수 있도록 우리가 지켜주어야 하리라.

아이들이 다녀간 후에 새삼 느끼는 바가 많았다. 습관이 바뀌면 인생이 바뀐다고 했던가. 어려서부터 봉사하는 습관이 중요하다는 생각이 들었다. 효진이와 의진이를 불렀다.

"아빠가 좋은 곳에 데려가려고 하는데…."

"어디예요? 놀이동산이요?"

"그곳보다 더 좋은 곳이란다. 놀이동산은 너희만 즐겁지만 아빠가 데려가는 곳은 너희가 즐거운 만큼 남들도 즐거운 곳이야."

내 설명이 어려웠는지 둘이서 내 얼굴만 멀뚱멀뚱 쳐다본다.

"봉사 활동!"

"아! 아빠가 항상 하는 거요? 나도 하고 싶어요."

둘째가 형을 따라 대답한다.

"나도요!"

"어디서 일하고 싶니?"

"저는 우체국에서 일하고 싶어요. 편지 갖다 주는 아저씨 도와주는 일 할래요."

육체적인 일을 하기에는 둘 다 너무 어려서 우체국이 그나마 적합한 듯싶었다. 다음날 아침, 마치 공원이라도 놀러 가듯 신나게 집을 나서서 우체국으로 향했다.

"감사합니다만 아이들이 너무 어려서 안 되겠는데요."

"아이들이 부족한 것은 제가 옆에서 거들겠습니다. 아이들에게 남을 돕는 기쁨을 알려주고 싶어서요."

"그래요? 예, 좋습니다. 따라오십시오."

처음에는 '발착계發着係'에서 일을 했다. 나는 우체국이 그렇게 정신없이 바쁜 곳인 줄 미처 몰랐다. 한쪽에서는 우편물을 시·군 단위로 분류하는 직원이 손이 보이지 않을 정도로 빠르게 일을 하고 있었다. 또 한쪽에서는 우편물이 가득 들어 있는 포대들을 던지고 있었고, 컨테이너 나르는 소리와 여기저기 직원들의 외치는 목소리 때문에 서 있기만 해도 어지러웠다.

아이들과 같이 우편물을 분류하기 시작했다.

"아빠, 이게 무슨 글자예요?"

"아빠, 이 편지는 어디에 넣어야 돼요?"

"이것은 여기에 집어넣으면 돼요?"

계속되는 질문… 들고 있는 편지를 떨어뜨리기도 하고 다른 곳에 넣기도 하는 등 일은 더뎠다.

영혼을 불어넣어

"아이구, 꼬마들이 여기는 왜 왔누?"

나이 지긋하신 직원 한 분이 물어왔다.

"저희가 아저씨 도와드리려고요. 아저씨, 힘드시죠? 잠깐 앉아 쉬세요. 우리가 이거 다 할 거예요."

"허허허, 정말 고맙구나. 아저씨가 일을 많이 해서 허리도 아프고 다리도 아픈데 오늘은 예쁜 꼬마들 덕분에 하나도 아프지 않겠네. 고마워. 열심히 일해야 돼. 이거 굉장히 중요한 일이야. 잘못하면 편지가 길을 잃고 집을 못 찾게 되거든."

직원의 설명에 두 아이 모두 눈을 반짝이며 긴장하는 눈치가 역력했다. 게다가 '고맙다'고 말해 주는 격려의 말에 신이 났는지 한눈팔지 않고 열심히 일한다.

"자원 봉사자 여러분, 이제부터는 2층 특수계로 가서 일을 도와주십시오."

"아빠, 우리가 일을 못해서 그래요?"

"아니, 너희들이 일을 열심히 해주어서 여기 발착계 일이 빨리 끝났나봐. 특수계에서도 도와줄 사람이 필요하대. 우리 가서 또 열심히 도와드리자."

"특수계요? 그거 특수 수사대처럼 비밀스러운 정보를 다루는 거예요?"

만화영화에서 본 이름을 들먹이며 큰아이는 속삭이듯 말을 했다. 등기물 번호와 배달된 지역을 기록하는 일이었는데, 아이들이 얼마나 열심히 일하는지 공부할 때에도 그렇게 진지한 모습은 거의 본 적이 없는 것 같았다.

　집에 오는 길.

　"오늘 해본 봉사 활동 어땠어?"

　"힘들었지만 정말 재미있었어요."

　"뭐가 그렇게 재미있었니?"

　"특수 수사 요원처럼 배달 지역을 확인하는 것도 재미있었고
요…."

　"근데요 아빠, 우리 또 언제 우체국에 가나요?"

　"왜 또 가고 싶니?"

　"아저씨들이 우리가 가서 힘이 덜 들었대요. 우리가 안 가면 또 힘
드시잖아요."

　"너도 힘들어하던데?"

　"힘은 들었는데 아빠, 나 기분이 좋았어요. 아빠가 아침에 말했잖
아요. 나도 기쁘고 남도 기쁘다고요. 이제 그 말이 뭔지 알겠어요. 아
저씨들이 좋아하니까 더 기분 좋아요."

　아이들은 일일이 설명하지 않아도 봉사의 즐거움을 온몸으로 체
험한 것이다. 우리 집에 있는 두 명의 피노키오, 인간답게 사는 연습
을 하고 온 셈이다.

당신과 함께하는
이 지구가

아내는 나를 붙들고 펑펑 울었다.

2000년 2월 양평에서 쉼터 일을 하면서 나는 감기가 심하게 걸려 있었다. 기침이 끊이질 않고 계속해 나왔다. 급히 병원에 가서 혈액 검사를 하고 한 시간 후에 나올 진단을 기다리는 동안 우리는 한강 고수부지로 차를 몰았다.

"당신, 어떻게 이럴 수가 있어요? 나와 아이들은 당신에게 아무것도 아닌가요? 재발하면 당신 생명이 위험하다고 했잖아요. 건강한 사람이라도 그렇게 일을 하면 병이 나요. 제발 나와 아이들을 봐서라도 그만두세요. 당신이 그 일을 기쁜 마음으로 하는 것은 알지만 그렇게 약한 몸으로 일하는 당신을 보면 나는 피가 마르는 것 같아요. 당신 아니더라도 그 일을 할 사람이 있을 거예요. 이제 그만 정리하세요."

"…."

나는 아무 말도 할 수가 없었다. 죽음의 공포에 휩싸여 있던 나를 건져준 것은 남을 위해 살고 싶다는 소망이었다. 전혀 알지도 못하는 나를 위해 누군가 헌혈해 주는 아름다운 이 세상에서 나 역시 그렇게 살고 싶다는 생각으로 고통과 외로움을 이겨내지 않았는가.

물론 아내도 그 사실을 알고 있었다. 쉼터 일을 쉽게 그만두지 못하는 내 마음을 헤아리고 있는 아내는 더욱더 안타까워하며 날 붙들고 울었다.

그전에도 이미 다섯 차례나 쓰러져 인근 병원에서 치료를 받은 적이 있었다. 몸이 완치되지 않은 상태에서 노숙자들과 함께 생활하다 보니 무방비인 상태로 다른 질병에 노출된 거나 다름없었다. 다행스럽게도 검사 결과는 재발이 아니라 독감으로 판명되었다. 돌아오는 차 안에서 아내는 말했다.

"여보, 무리는 하지 마세요. 조금이라도 피곤하면 쉬어야 해요. 힘든 일은 내가 할게요. 당신에게 그 일을 하지 말라고는 못 하겠어요. 대신 몸 생각해서 무리하지는 않겠다고 약속해 줘요."

조용히 말하고 난 후 아내가 입술을 깨물었다.

"알았어…."

아내는 굳은 표정으로 한 마디도 하지 않은 채 운전만 계속했다. 미안했다. 내 백혈병 때문에 지칠 대로 지친 아내였다. 거기다 나는 노숙자들을 돌봐야 한다는 생각에 '쉼터'란 시설을 마련하고 운영에 전념하다 심한 독감에 걸려 아내를 또 한 번 놀라게 했으니….

침대 하나 변기 하나만 놓인 일인 병실에 나를 혼자 두고 떠나려니 발길이 떨어지지 않는다며 몇 번이나 돌아보던 아내, 하루에 고작 30분의 면회 시간이 너무 짧다며 어린애처럼 매달리는 나를 붙들고 함께 울던 아내.

13층 무균실에 입원해 있던 50여 일 동안 아내도 몸무게가 7킬로그램이나 빠졌다. 여덟 명의 환자가 있는 비닐 무균실 방에서 아내는 가운에 마스크를 하고 간이침대에서 새우잠을 자며 병간호를 했다. 새벽 다섯 시부터 일어나 내 체온을 잰 후 식사를 먹여주고 좌욕을 시켜줬다. 나를 목욕시키고 잠재우고 이불을 덮어주었다.

무균실에서 나왔을 때 백지장 같은 얼굴에 피어나던 환한 웃음을 잊을 수가 없다. 병이 걸리기 전에 나는 내가 가족을 위해 최선을 다하고 있다고 생각했었다. 내가 하는 일이 워낙 많아서 가족을 위해 시간을 많이 내지는 못했지만 그것 역시 먼 훗날의 경제적인 안정을 위한 것으로 생각했었다.

하지만 병실에 누워서 곰곰이 생각해 보니 나의 부족했던 점들이 뇌리를 스쳤다. 아내가 첫 아기를 가졌는데도 나는 미국 유학 준비에 열을 냈다. 교수가 된 후로는 연구한답시고 집에 한 달 이상 들어가지 않은 적도 많았다. 그럴 때면 아내는 속옷과 식사를 챙겨오곤 했었다.

"속옷 가져왔어요. 갈아입어야지요."

"응, 그래."

그런 상황에서도 나는 아내를 반갑게 맞이할 수가 없었다. 나름대로는 중요한 일을 하고 있는 터라 1분 1초도 아까웠기 때문이다.

"식사는 제때 하고 있는 거예요?"

"그럼."

역시 성의 없는 답변. 아내는 이것저것 궁금하기도 하고 걱정스러워서 더 이야기를 나누고 싶은 눈치였다.

"집에는 언제쯤 올 수 있어요? 아이들이 많이 보고 싶어 하는데."

"앞으로도 한 달가량은 이 일을 계속해야 할 것 같은데….""

그리고 침묵. 그 침묵을 차마 깨지 못하고 그냥 돌아서던 아내….

시간을 거꾸로 돌릴 수 있다면 아내를 다시 붙들고 30분이라도 마주앉아 시시껄렁한 일이라도 이야기하고 싶다는 생각을 했다. 아내의 손을 잡고 다시 한 번 옛날의 그 시 구절을 읊어주고 싶다는 생각을 했다.

내일을 예측할 수 없는 상태로 병원 침대에 누워 있으니 '아내에게 너무 무심했구나.' 하는 후회가 밀려왔다.

'잘해줄게. 여보, 잘해줄게….'

마음속으로 수십 번 다짐했다. 그러나 막상 퇴원하고 나서도 나는 계속 아내에게 고집만 부리고 인내심만 요구하고 있었다. 양평으로 돌아오는 차 안에서 앞만 바라보는 아내의 얼굴은 배꽃처럼 쓸쓸해 보였다. 처음 만났을 때 아내는 해바라기처럼 밝고 활기차게 보였었는데….

병원에 입원해 있었을 때 아내에게 어디 가고 싶은 곳이 없냐고 묻자 신촌에 가고 싶다는 대답이 돌아왔다. 학교 앞에 있는 〈3막 5장〉이라는 레스토랑은 아내와 내가 처음 만난 곳이며 아내의 수업이 끝날 때까지 자주 기다리던 곳이었다.

일본에서 컴퓨터 공부를 할 때에도 전화를 주고받던 장소였다.

"○일 ○시에 전화하겠습니다."

편지 끝에 이렇게 쓰면 아내는 그날 그 시각에 레스토랑에 와서 차를 마시며 주인이 건네주는 전화기를 기다리곤 했다.

퇴원 후 함께 찾아간 레스토랑에서 아내는 마치 꿈꾸는 사람처럼 희미하게 입가에 미소를 띠며 여기저기 둘러보기도 하고 탁자를 만져보기도 했다. 아내가 사실 원했던 것은 그 장소가 아니라 결혼 전 또는 결혼 초의 시간들이었으리라.

결혼 초 아내가 갑자기 배가 아플 때가 있었다. 부랴부랴 아내를 업고 병원에 가보니 맹장염이라고 했다. 그런데 아내가 퇴원하는 날 나도 맹장염에 걸렸다.

"내 의사 생활 수십 년 동안 부부가 연이어서 맹장염에 걸린 것은 처음 봤습니다."

의사도 어이없어하며 신기해했다. 맹장염에 같이 걸린 것도 천생연분이라며 철없이 행복해한 적도 있었는데 나는 그런 행복을 일과 바꿔버린 것이다.

사실 나는 병에 걸리기 전에는 공부만이 내 인생의 전부인 듯 전기 공학, 컴퓨터 공학, 경영학, 경제학, 경영 정보학 등 끊임없이 새로운 과목을 공부했다. 일본에서 유학하고 돌아온 직후에도 연세대 석사 학위를 받느라 분주했고, 심한 입덧으로 누워만 있는 아내를 두고 미국 유학을 준비하느라 밤늦게 들어오고 새벽에 나가곤 했다. 미국에서 귀국한 후에도 이렇다 할 휴식 기간을 갖지 않았다.

"당신 아버님 별명이 '일 호랑이'이셨다더니 어쩜 그렇게 똑같이 닮았어요? 아버님이 너무 일하셔서 병이 나셨다면서요? 그러다가 당신도 병날 것 같아요."

"공부는 다 때가 있는 거야. 조금만 참자."

걱정하는 아내에게 나는 무심하게 대답했다. 그런 중에도 책을 일곱 권이나 집필하는 등 뭔가에 홀린 이처럼 만족을 못 느끼고 계속 일만 했다. 급기야 병이 나기 직전에는 무려 열 가지 이상의 일을 하고 있었다. 교수, 기업 컨설팅 업무, 박사 학위 공부, 창조학회 일, 강연 등…. 아내는 교수와 박사 논문 외에는 신경 쓰지 말라고 말렸지만 내 성격상 시작한 일을 중도에 그만둘 수는 없었다. 일 중독자가 된 것이다. 하지만 아내는 알고 있을 게다. 그 당시 내가 미쳐 있던 일은 나를 병들게 했지만 지금 내가 몰두해서 하는 일은 나를 일으켜 세운다는 것을…. 결혼 후에 일에 미쳐 가정을 돌보지 못하던 나를 기다려 주던 아내, 병에 걸려 종이 인형처럼 쓰러져 버린 나를 일으켜 세우고 잡아주던 아내, 그리고 노숙자들의 쉼터인 〈사랑의 울타리회〉를 한다고 무작정 욕심만 내서 벌려놓은 일을 묵묵히 뒤에서 치다꺼리해 주는 아내에게 미안했다.

병원에서 집으로 돌아오는 차 안에서 시 한 편이 머릿속을 맴돌았다.

하나의 빛

넓디넓은 삶의 벌판 가운데에
홀로 외로이 서 있습니다.

인상적인 이 지구상에

아무런 흔적도 남길 수 없음을

나는 잘 알고 있습니다.

그러나

내 몸의 각 세포를 변화시키며

내게로 밀려오는 막을 수 없는

당신의 사랑

나에게 이어져 있음을 의식합니다.

사랑의 빛은 우리를 새롭게 만들고

우리 사랑의 맑음 속에서 서로를 보게 합니다.

오! 얼마나 아름답습니까.

당신과 내가 함께하는 이 지구가.

미국 유학 시절 전화로 아내에게 들려 줬던 U. 샤퍼의 시 구절이 그날 내 가슴에 사무치게 다가왔다. 손을 붙들고 다시 한 번 멋지게 읊어주고 싶었지만 아내가 너무 슬퍼 보여서 조용히 얼굴만 쳐다보았다.

이 지구상에서 두 발을 딛고 일어서게 해준 아내. 나는 해바라기보다 배꽃이 더 좋다.

참사랑

내게도 첫사랑은 있었다. 중학교 시절 교회에 다니던 단발머리 여학생. 큰 눈에 생글생글 웃고 다니는 모습이 보기 좋았다. 주일날 교회에서 못 만나는 날은 괜히 속이 상하곤 했었다. 다른 친구와 이야기하다가 그 여학생이 지나가면 큰 소리로 웃곤 하며 관심을 끌려 했었다.

그러던 그해 겨울, 그 여학생이 편지를 건네주었다. 겉으로는 무뚝뚝한 표정으로 보였겠지만 그건 내가 지나치게 긴장해서 그랬다는 것을 그 여학생은 몰랐을 것이다. 얼마나 떨리고 놀랐는지 모른다. 화장실로 급히 가서 꺼내 보았다. 할 이야기가 있으니 ○일 ○시 교회 뒤편에서 만나자는 내용이었다. 팔다리에서 힘이 쭉 빠지면서 하늘로 붕 뜨는 느낌이었다.

그날 아침, 아마 옷을 입는 데 한 시간은 족히 걸렸을 것이다. 가난한 집안 형편이라 입을 옷도 몇 벌 되지 않았지만 입어보고 벗고 다시 또 입어보고 벗고… 그나마 학교 체육복이 깨끗하고 번듯해서 속에 그걸 입고 점퍼를 입은 기억이 난다.

나무 아래에서 기다리고 있으니 그 여학생이 나타났다. 눈이 많이 내려서 온 세상이 하얗던 그날, 어느 영화에서나 본 듯한 그날의 풍경이 아직도 생생하다. 간단히 안부를 묻고 나니 침묵이 흘렀다. 그 어색함을 떨치기 위해서 뭔가를 해야 했다. 나는 언덕 위쪽으로 발걸음을 옮겼다. 여학생도 두세 걸음 뒤에서 따라왔다. 걸으면서 이야기를 했다. 내 미래의 포부 그리고 나의 결심. 나는 그것밖에 말할 수 있는 것이 없었다.

나도 모르게 흥분이 되었나 보다. 이야기하는 데 정신이 팔려 있다가 너무 조용해서 뒤를 돌아보고 깜짝 놀랐다. 아무도 없었다. 오던 길로 다시 가보니 그 여학생은 나무 밑에 서 있었다. 그 당시에도 내 키가 꽤 컸던지라 성큼성큼 걷는 나를 따라오지 못하자 나무 밑으로 돌아간 것이었다.

머쓱해진 나는 아무 말도 못하고 그냥 여학생 옆에서 앞만 쳐다보고 있었다. 이번에는 여학생이 입을 열었다.

"저 부탁드릴 말이 있거든요. 시온회 회장 있잖아요. 박○○ 잘 알죠? 어떤 학생인지 듣고 싶어서요."

아니, 이게 무슨 소린가? 맑은 겨울 하늘에서 날벼락이 떨어졌다.

"공부는 잘하나요? 취미는 뭐래요? 저… 그리고 오늘 제가 이렇게 물어본 거 아무한테도 말하면 안 돼요."

아! 팔다리에서 힘이 쭉 빠지더니 이번에는 땅속으로 가라앉는 느낌이 들었다. 이렇게 내 첫사랑은 깨졌다.

그렇다고 사랑을 포기할 내가 아니었다. 첫사랑은 떠났지만 풋사랑, 외사랑 등 할 수 있는 것은 모두 해보았다. 고등학교 시절, 기차 통학을 하면서 맘에 드는 여학생이 탄 기차를 친구와 함께 기다린 것도 부지기수였다. 그러다 운 좋게 그 여학생을 만나 가방이라도 들어주면 그 앞에서 가슴을 두근거리며 서 있곤 했다. 밤을 새워 장문의 편지도 써보았고….

그렇게 사랑의 방황 끝에 지금의 아내를 만났다.

덕수궁에서 열린 고향 동창회 모임에서 우연히 만났을 때 아내는 나에게 관심이 없었다고 한다. 그런데 나는 아내를 본 순간 첫눈에 반했다. 활짝 웃는 밝은 표정과 맑은 얼굴이 내가 평소 꿈꾸던 이상형이었다. 내 꿈을 이루기까지는 사랑이나 결혼 따위는 하지 않겠노라고 큰소리치던 시절이었건만, 아내를 본 순간 그 큰소리는 헛소리가 되어버렸다.

마침내 아내가 다니는 학교 앞 〈3막 5장〉 레스토랑에서 첫 데이트를 하게 되었다.

"저, 사실 안 나오려다 나왔어요."

아내의 첫마디였다.

'뭐라구? 아니! 천하의 정창덕이를 뭘로 생각하고….'

기분이 상한 나는 벌떡 일어나서 나와버렸다.

아내는 '뭐 저렇게 무례한 사람이 있나….' 생각하며 황당했다고 한다. 그 당시 아내는 학교 시험 기간이라 어렵게 시간 냈다는 걸 설명하려고 했는데, 내가 채 듣지도 않고 나와버렸던 것이다. 나중에 이 사실을 알고 아내를 다시 만나기 위해 얼마나 고생했던가? 아무튼 아슬아슬한 순간이 여러 번 넘어가고 우여곡절을 겪으면서도 우리의 만남은 계속되었다.

서로 눈을 바라보며 믿음을 쌓아갈 무렵 일본 유학이라는 장해가 생겼다. 내가 가까이 없는 동안 혹시 아내의 마음이 변하지 않을까 하는 조바심과 그리움 속에서 아내에 대한 내 사랑을 확인할 수 있던 그 긴 시간들, 보낸 편지만도 수십 통이었다.

사랑하는 당신에게.

시간은 만질 수 없이 자꾸만 멀어져 갑니다. 오늘은 이곳 일본에서도 보기 드물게 눈이 많이 내렸습니다. 이 눈이 녹아 시냇물이 되어 흐르게 되면 그 시냇물 속에 시간도 녹아 흘러가겠죠.

요즘은 자꾸만 꿈속에서 혜린 씨를 보게 되는군요. 꿈이 아닌 현실이었으면 더 좋았겠지만 꿈에서라도 볼 수 있다는 것만으로도 기쁩니다. 하는 일이 바빠서 당분간 편지 쓸 시간도 없을 것 같다던 글은 읽었으나, 혜린 씨 소식을 받은 지 한 달이 다 되어가는 터라 무엇보다 건강이 걱정됩니다. 지금 하는 일에 전념하는 것은 이해하지만 혜린 씨가 건강마저 소홀히 하는 일은 없기를 바랍니다.

혜린 씨, 요즘 이곳 TV에선 한국의 아름다운 모습이 많이 나옵니다. 우리나라가 생산하는 자동차에 대한 소개, 〈깊고 푸른 밤〉이란 영화 소개, 음악 이야기도 나오고요. 그럴 때마다 무엇보다 혜린 씨가 생각 납니다.

다음 주에는 1주일 코스로 큐슈 지방 벚꽃 관광을 떠납니다. 다음 편지에는 예쁜 꽃 소식을 전할 수 있을 것 같습니다. 가슴이 답답할 때는 하늘을 봅니다. 힘이 들면 허공에 소리도 지릅니다. 그렇지만 이럴 때 혜린 씨가 따뜻하게 내 오른손을 꼭 잡아주면 얼마나 좋을까 하는 마음이 간절합니다.

혜린 씨, 요즘 서울은 많이 따스해졌겠지요. 글을 쓰는 마음은 벌써 신촌의 〈여왕봉〉 다방 앞으로 달려갑니다. 자꾸만 그대의 모습이 어른거립니다. 봄기운의 아지랑이 사이로….

— 1986년 2월 창덕.

연인끼리 주고받는 연애편지인지라 당사자인 우리들에겐 아직도 애틋하건만 다른 이에게는 참을 수 없는 간지러움일지도 모르겠다. 나는 일본 생활을 마치고 한국으로 돌아와 아내와 결혼했다. 결혼식이 끝나고 아내가 나에게 물었다.

"주례 선생님이 '신랑은 아플 때나 힘들 때나 변함없이 신부를 사랑하겠는가?'라고 물었을 때 왜 그렇게 크게 대답을 했어요?"

'예'라는 내 대답이 너무 커서 깜짝 놀랐다고 한다.

영혼을 불어넣어

"그야 물론 내가 똑똑히 말해야 결혼식도 빨리 끝나고 모인 하객들도 식사하러 갈 것 아니겠소?"

아내는 내 엉뚱한 대답에 깔깔거리고 웃었다. 내 진심을 아내는 알고 있을까? 주례 선생님이 결혼 서약을 낭독할 때 그 말씀은 내가 하고 싶은 말이었다. 그런 나의 마음을 수많은 하객들 앞에서 표현하고 싶었다. 드디어 사랑을 얻었다고 생각했기에… 변치 않는 사랑, 불변의 사랑!

그러나 병에 걸려 고통의 시간을 보낼 때 사랑의 맹세는 날아갔다. 나는 작은 일에도 짜증을 내고 조금만 불편해도 화를 냈다. 아내를 사랑하지 않게 되었다. 내가 더 중요했기 때문이다. 내 고통은 100분의 1도 알지 못하는 아내. 심지어 아내가 미울 때도 있었다. 그렇게 병원 생활을 보낸 것이 지금은 무척 후회스럽다.

그 사이 여러 사람을 만나게 되었다. 백혈병 소녀, 남을 먼저 생각하는 환자, 환자의 가슴속 상처까지 걱정하는 의사, 초등학교 졸업에 단칸방 생활에도 길에 쓰러진 할머니를 도왔던 동생….

나는 변하기 시작했다. 그때까지 내가 알고 실천하던 사랑이 얼마나 이기적이었던가. 사랑이 여름 한철 유행하다 겨울 되면 기억에서 사라지는 유행가와 같다면 분명 슬픈 일이다. 백 년이 흘러도 사람의 마음을 울려주는 고전 음악처럼 시간을 초월하는 사랑, 자기희생과 타인에 대한 배려가 바탕이 되는 사랑!

다른 이의 삶을 돌보는 것이 곧 나의 영혼을 가꾸는 것임을 깨달으면서 내가 살아난 것도, 또 앞으로 살아야 할 이유도 참사랑 때문임을 알게 되었다. 다른 사람을 사랑하는 것이 나를 돕고 나를 살리는 길이었다. 첫사랑, 풋사랑, 외사랑 그리고 아내와의 사랑을 거쳐 나를 생명으로 이끈 사랑, 참사랑!

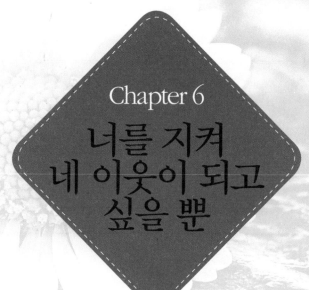

Chapter 6

너를 지켜
네 이웃이 되고
싶을 뿐

중요한 것은 무엇일까

한국창조능력개발연구회 회장인 서일대 정창덕 교수(37세)는 창조 기법 연구에 몰두하고 있다. (…) 우리나라에선 개인적인 관심을 갖는 경우는 있었으나 체계적인 연구가 이뤄지지 않았다. 그러다가 정 교수는 3년 전 창조능력개발연구회를 결성, 창조 기법을 본격적으로 연구하기 시작했다.

현재 연구회는 컴퓨터, 정보 통신, 법률 등 다양한 분야의 컨설턴트 등을 주요 업무로 한 가운데 11명의 상임연구위원과 20명의 비상임 연구위원 등 31명이 회원으로 활동 중이다. 연구회는 그동안 회원 위주로 내부적으로만 연구를 진행해 왔으나 이제부터는 연구 성과가 축적돼 대대적인 활동에 나서기로 했다. (…) 오는 7월에는 회원과 희망자를 모아 일본창조대학에 창조연수단을 파견할 예정이다. 이어 8월에는 창조학회 빌딩을 완공해 회원들의 연구 여건을 조성하고 교육을 통해 창조 기법 확산에 주력할 계획이다. 또한 하반기 중에 대규모 창조 기법 세미나를 열기 위한 준비에 한창이다. 정 교수는 국내 최초의 창조대학을 설립하기 위해 강원도 태백에 부지를 마련하고 3~4년 후에 개교하기 위한 준비 작업도 병행 진행 중이다.

—『주간매경』1996년 5월 15일.

서류를 찾느라 뒤적이다 문득 발견한 신문 한 장. 내용을 읽다 보니 나도 모르게 웃음이 난다. 아! 내가 그때 이런 일을 하고 있었지. 1996년 10월 병원에 입원했으니 그해 5월이면 백혈병 판명을 받기 5개월 전이다. 그야말로 5개월 후에 죽음의 병을 진단받으리라고는 상상도 못 했을 때다. 신문 기사 가운데에 자신만만 팔짱을 끼고 여유 있게 웃는 내 모습.

죽음의 병을 안고 사는 5개월 동안 나는 무슨 일을 했던가?

KAIST 박사 과정 공부를 하고 있었다. 또한 학위를 받기 위해 꼭 거쳐야 하는 과제 외국 저널에 논문을 발표하는 것가 거의 마무리 상태에 있었다. 한국창조성개발학회 세미나가 무역센터에서 일본창조학회 다카하시 회장이 참석한 가운데 열리기도 했다. 그리고 매일경제, 한국경제 등 내로라하는 경제지가 나에게 잇따라 관심을 보였다.

아마 그때 누군가 병에 걸렸다거나 아프다고 말을 하면 나는 아마 이렇게 이야기를 했을 것이다.

"아프다고? 병에 걸렸어? 그 무슨 사치스러운 소리야? 아플 시간이나 있으면 좋겠다. 병에 걸리고 싶어도 시간이 없어서 안 되겠네. 병이란 다 마음에서 나오는 거야."

그때 나는 젊었고 건강이라면 누구보다 자신 있었다. 꿈을 성취하기 위해 앞만 보고 달려온 나에게 병은 사치요, 배부른 사람들의 신선놀음으로 보였다. 그런 마음가짐이 자만이라는 걸 알게 되기까지는 딱 5개월밖에 걸리지 않았다.

5개월? 아니다.

사실 나는 그보다 훨씬 전부터 자만해 있었다. 내 삶의 방향이 조금씩 어긋난 것은 고등학교 졸업 후 사회생활을 시작하던 때부터인 듯하다.

한전에 입사하여 무료로 제공하는 기숙사도 들어가지 않고 하숙을 얻었다. 돈이 아까웠지만 학원을 다니면서 자격증을 따기 위해선 어쩔 도리가 없었다.

"창덕아, 여기 집안일일랑 신경 쓰지 말어라. 니가 부쳐 주는 돈이믄 충분한께 너무 마음 쓰지 말고 니 하고 잡픈 것 하그라. 니 하나 잘되는 것만 이 에미는 바라고 산다. 니 뒷바라지도 지대로 못했는디 워찌 집안 일꺼정 신경 쓰게 하것냐. 암튼 돈 벌거든 열심을 내서 공부혀라. 니가 제일 하고 잡픈 게 공부였으니께…."

명절 때 잠시 들렀다 돌아오는 날이 되면 어머니는 내 손을 잡고 등을 쓸어주시며 말씀하셨다.

"그래요, 어머니. 조금만 더 참으세요. 제가 열심히 공부해서 출세

하면 그때 잘해드릴게요."

그 당시 나는 이렇게 생각했었다.

'관촌에 있는 식구들은 출세하면 잘해줘야지. 우선은 내가 성공해야 한다. 내 자신에게 투자를 하자.'

물론 봉급 중 일부를 고향에 보내기는 했으나 대부분은 내 미래를 위해 사용했다. 그렇게 하는 내 자신이 이기적이라는 생각은 들지 않았다. 그러나 이제는 알겠다. 경제적으로 어려워하는 가족들을 애써 외면한 채 내 이익만을 추구했던 것이다. 형, 누나 그리고 동생들이 아무 불평하지 않고 나를 대하는 것을 당연하게 생각했는데, 돈 좀 번답시고 가족을 소홀히 하는 나에게 어찌 서운한 마음이 없었을까?

소홀해진 것은 관촌에 있는 식구에게만 그런 것이 아니었다. 자격증을 따려고 일요일에도 학원을 다니다 보니 교회 생활이 제대로 되질 않았다. 바쁜 회사 생활과 자격증 공부를 병행하느라 늘 시간이 부족했다. 교회를 한두 번 거르다 보니 점차 주일에 교회 찾는 횟수가 줄어들었다. 학원을 가지 않는 날이나 회사에 특별한 일이 없는 일요일에도 피곤하거나 졸리다는 이유로 교회에 나가지 않게 되는 경우도 있었다. 순수와 열정으로 가득 찼던 내 신앙생활은 변명과 게으름으로 공허해져 갔다.

무엇에 쫓기어 그렇게 바쁘게 살았을까? 병원에 있을 때 옆에 있던 환자가 한 이야기가 떠오른다.

"정 선생님, 지금 나이가 서른여덟이신가요? 그러면 평균 수명 70세까지 산다고 계산하면 앞으로 남은 기간은 32년이겠군요.”

“예, 그러고 보니 살아온 날보다 살아갈 날이 적군요.”

“정 선생님은 앞으로 32년간 살아가실 생각인가 봅니다. 살날이 적다고 말하는 걸 보니 말이죠.”

“예? 그게 무슨….”

“저도 들은 얘깁니다만 기분 나빠 하지는 마시구요. 인생의 수학 공식이 하나 있답니다. 수명이 60세인 사람이 30세를 살았을 때 30년이 남는다고 합시다. 그 사람은 남은 시간이 30년이니까 지난 30년은 죽은 거지요. 그리고 남은 30년도 죽음을 향해 가고 있으니까 죽어간다고 표현할 수 있겠죠.”

“죽어간다, 죽어왔다… 그렇게 생각하니 인생이 무섭고 허무해지네요.”

“그렇죠. 인간을 두 종류로 간단히 나누면 죽어가는 사람과 살아가는 사람으로 나눌 수 있답니다. 어느 쪽을 선택하고 싶으세요? 기왕이면 살아가는 쪽이 낫겠죠?”

곰곰이 생각해 보았다. 나는 이제까지 살아온 건가, 죽어온 건가? 앞으로 살아갈 것인가 아니면 죽어갈 것인가?

“정 선생님, 앞으로 죽어가지 않고 살아가려면 늘 깨어 있어야 합니다. 그래야 옳고 그른 것, 중요한 것 중요하지 않은 것, 취할 것 버릴 것 등을 바른 정신으로 구분하죠.”

옆 침대의 철학자 덕분에 난 내 지난날이 죽어온 것인지도 모른다는 생각이 들었다.

내 지난 시절.

나는 어렸을 때부터 한 가지 일에 몰두하면 다른 일은 전혀 신경 쓰지 않았다. 연구를 시작하면서도 마찬가지였다. 그런 나의 행동이 잘못이라고는 생각 못 했다.

합리적이고 효율성 있는 프로그램을 완성하는 것이 목적이 되었다. 그러다 보니 일에는 철저해지고 가족들과는 멀어졌다. 심지어는 몇 달 동안 아이들의 얼굴을 보지 못할 때도 있었다. 그래도 개의치 않았다. 나에게는 일이 중요했으니까….

형제들, 고향 친구들, 선후배들… 나는 어느새 사람들과의 관계에 소홀해지고 있었다. 하루 24시간 중 밥 먹고 잠자는 시간을 제외하고는 거의 모든 시간을 연구에 몰두했다. 나중에는 먹고 자는 시간도 아까울 지경이었다. 그러다 마침내 병에 걸렸다.

그러나 그 병은 가족의 희생과 땀으로 치료되었다. 가족은 많은 것을 포기하면서 나를 간호했다. 그들에게 해준 것에 비하면 너무 큰 되받음이었다. 특히 죽어가는 삶을 이어오는 동안 나는 부끄럽게도 헌혈 한번 하지 못했다. 그런 나에게 수십 명이 찾아와서 귀한 피를 나눠주었다. 때로는 얼굴도 이름도 모르는 사람들로부터 귀한 피를 헌혈받기도 했다.

'살아가고 있는가, 죽어가고 있는가?'

그 이야기를 들은 날 나는 결심했다.

'내 남은 생을 살아가는 시간으로 만들어야겠다. 늘 깨어서 사랑을 갚고 다른 이들에게 살아가는 기쁨을 나눠 주리라.'

너를 지켜 네 이웃이 되고 싶을 뿐

퇴원한 후로 나는 어떤 일을 결정해야 할 때마다 삶과 죽음 사이에 서본다. 내가 살아가고 있는지 죽어가고 있는지… 치유교회를 계속해야 할지 결정해야 할 때에도 나는 삶과 죽음을 생각했다. 나는 깨어서 살아가고 싶었기 때문이다.

양수리에서 쉼터를 운영하면서 쉼터 가족과 함께 주일이면 예배를 드렸다. 유학 시절 미국 교회에서 목사 안수를 받았다. 그리고 KAIST에 다니면서 한편으로 신학 공부를 계속했다. 그래서 1998년 4월 양수리에 처음 노숙자 재활 캠프를 열 때 방 한 칸을 교회로 꾸미고 창립 예배를 드렸다. 노숙자들의 아픔까지 치유하고픈 바람에서 이름도 〈치유교회〉로 정했다. 그렇게 예배를 인도해 오던 중 평소에 알고 지내던 장로님 한 분이 제안을 했다.

"정 목사님, 양수리 시외버스 터미널 근처의 건물을 교회로 사용하면 어떨까요? 노숙자들도 매주 교회에 직접 다니면 교회에 대한 소속감과 함께 신앙심이 새로워질 수도 있을 것 같은데요. 노숙자들이 아무 거리낌 없이 마음을 놓는 쉼터 같은 교회를 맡아주십시오."

치유교회는 방 한 칸짜리에서 어엿한 건물로 이사를 했다. 그러나 철저히 섬김의 교회가 되고자 나를 비롯해 치유교회의 모든 사역자는 봉급 없이 봉사로 헌신하였다. 모든 예물은 가난한 이웃들의 구제에 사용했으며 어려운 지역 주민을 위해 점심을 무료로 제공했다.

주로 노숙자들이나 쉼터 가족들이 교인이었기에 심방도 병원으로 다니면서 그곳의 환자들을 위로하고 기도하는 시간을 가졌다. 설교는 자연히 용기를 북돋우고 병약한 노숙자를 치유하는 데 맞춰졌다.

나는 평소에 교회란 세상의 아픔에 동참하는 일에 앞장서야 한다고 생각했다. 개인의 구원이나 신앙심을 돈독히 하고 선교 활동을 강조하는 것도 중요하지만, 이웃 사랑의 실천이 그중 제일 중요하다고 느꼈다.

"마음은 하나님에게, 행동은 이웃에게!"

치유교회는 철저히 이런 사명에 기본을 둔 교회였다. 노숙자들도 점차 교회 다니는 즐거움을 알게 되었다.

"가서 편하게 앉아 좋은 말만 듣고 나면 마음이 개운해지네요."

"교회가 어떤 곳인지 한번 가고는 싶었지만 이런 몰골로는 엄두도 못 냈는데 와보니 좋네요."

"목사님, 일요일에 성경책 끼고 교회 가는 길은 왜 어깨에 힘이 들어가고 목이 뻣뻣해진데요?"

"저는요, 설교 시간에는 막 졸려요. 그래도 교회에 와서 졸고 나면 피곤이 싹 가시더라고요."

"사실은 점심밥 먹을 때가 제일 신나네요. 어디 나들이 와서 먹는 기분이에요."

그들이 교회에 나오는 즐거움을 토로할 때마다, 또 그날의 말씀에 감명 받았다는 고백을 할 때마다 나는 즐거웠다.

그러나 문제가 생겼다. 교인이 점차 늘어나면서 노숙자 이외의 교인들 숫자가 증가했다. 지역 주민이나 서울에서 오는 일반 신자들이 교회에 출석하기 시작했다. 교회의 어엿한 주인이던 노숙자들, 오히

려 허름한 행색이 더 자연스럽던 그들이 어느 날부터인지 자신들의
초라한 모습을 불편해하며 손님처럼 어색해했다.

"할아버지, 왜 지난주에는 교회에 안 나오셨어요? 그동안 한 번도
안 빠지고 나오셨잖아요. 어디 몸이 불편하신가요?"

"음, 그건 아니고 그게 저….."

말을 제대로 못 하고 말끝을 흐리신다.

"사실은 나 이참부터 교회는 못 나가것어, 인자 나 안 갈라네."

"왜요?"

"응, 그냥 재미가 없당께. 그렇게만 알어."

친하게 지내시는 다른 분을 찾아가서 물어보았다.

"이런 말을 혀도 될까 모르것는디 자꾸 물은께… 그려도 내가 흐드
란 말은 허지 말고…."

"예, 말씀해 보세요."

"저기, 서울서 오신 어떤 양반이 최 영감 옆에 앉았는가 봐. 근디
쪼깐 있다가 고개를 흔들면서 냄시가 난다고 딴 자리로 갔댜. 최 영
감이 요즘 감기에 걸려서 좀 안 씻었는갑지 뭐. 나 같으믄 별일 아닌
께 다음 주에 깨끗이 씻고 가것그만 꼴에 자존심이라고 안 간다고 저
라네. 그랑게 내가 전부텀 서울 사람들이 예배 보니께 입성도 깨끗이
하고 낯짝도 잘 씻고 다니라고 했드만."

교회 예배 후 식당에서도 변화가 나타났다.

"아, 이리 와요. 정 교수, 아니 목사님, 여기서 같이 묵자고요. 어이
김 씨, 자네도 이리 와 앉더라고."

"오늘은 반찬이 뭐꼬? 내사마 좋아하는 국수 아이가? 한 그릇 후딱 묵고 또 묵어야것네."

"야야, 체하것다. 살살 좀 먹그라. 저 인간은 예배 시간에는 잠만 퍼져 자다가 밥 먹는 시간만 되면 활개를 친댜. 양심에 털 난 인간 같으니…."

"아이구, 그러는 저는 꽤나 열심히 예배했나? 내 보니 코까지 골며 자는 인간은 너 하나여."

"거기 주방에서 고생하는 아줌씨들, 정말 고맙수다. 오늘은 김치가 참 맛나그만. 뉘 솜씨인지 기가 막히네."

이렇게 시끌벅적하던 식당이 조용조용 이야기 소리와 수저 움직이는 소리만 들렸다. 시간이 지나면서 쉼터 식구들은 풀이 죽은 모습이었다.

"영감님, 오늘은 예배 시간에 안 주무셨어요?"

내가 이렇게 물으면 멋쩍게 웃으며 조용히 대답하셨다.

"예배 시간에 누가 잔대요? 그라믄 안 되지요."

또 다른 쉼터 가족은 "목사님요, 여그서 식사하실라꼬요? 안 되지예. 저쪽으로 가이소 마. 서울서 온 교인들이 저쪽서 기다리고 있는다 카던데…."라며 나와 식사하는 것도 어려워했다. 그리고 나중에는 거의 식당에 모습조차 내보이질 않았다.

나는 고민에 빠졌다. 어떻게 할 것인가? 며칠 동안 갈등을 했다. 나도 모르게 욕심이 생겼다. 교회에서 계속 목회를 하고 싶었다. 쉼터의 방 하나에서 가족들을 모아놓고 하는 설교가 아니라 버젓한 교회에서 쉼터 가족뿐 아니라 다른 교인들에게도 하나님의 말씀을 전하고 싶었다.

사흘쯤 지난 후 답을 찾을 수 있었다.

'내가 왜 갈등하고 있을까?'

교회에 대한 욕심은 내 자신을 위한 것이었다. 마치 백혈병에 걸리기 이전처럼 말이다.

나는 분명히 깨어 있는 삶을 살고 싶었다. 나에게 중요한 것은 큰 교회가 아니라 쉼터 가족, 그들이었다. 비록 교회 재정으로 쉼터가 여유 있게 운영될 수도 있고, 경제적 여유가 있는 교인으로부터 후원금을 받을 수도 있다는 생각이 들었지만, 물질은 어디까지나 부차적인 것이란 결론을 내렸다. 그러지 않아도 사회로부터 소외된 쉼터 가족들을 교회에서조차 이방인으로 만드는 것은 옳은 일이 아니었다.

교회를 사직했다.

그리고 나는 그들과 함께 쉼터로 돌아왔다. 예배는 마음으로 드리면 충분했다. 쉼터에서 드리는 예배는 초라했지만 따뜻했다. 쉼터 가족들 역시 대환영이었다. 한 번 그런 결정을 내리고 나자 삶이 가볍게 느껴졌다. 나는 무엇이 중요한지, 무엇이 옳은지, 무엇을 취해야 할지 늘 깨어 있으면 알게 된다는 사실을 새삼 깨달았다.

나를 눈물 나게 하는 것들

나는 눈물이 많은 편이다. TV 드라마를 보고도 슬프게 운다. 병에 걸린 후로는 더 그렇다.

"어, 당신 또 울어요? 당신이 우리 집에서 제일 울보예요. 알아요?"

아내가 이렇게 놀려도 어쩔 수가 없다.

언젠가 어린아이가 암에 걸려서 고생하는 내용이 〈병원 24시〉 프로그램에 방영됐을 적에는 처음부터 끝까지 눈물을 쏟았다. TV에서만 슬픈 일이 있으면 그나마 괜찮을 텐데 내 주변에서는 더 슬픈 일들이 많아 마흔이 넘은 남자가 가끔씩 길에서, 집에서 그리고 쉼터에서 주책없이 또 운다.

딩동… 딩동… 초인종 소리가 들렸다. 어느 추운 겨울날이었다. 세찬 바람과 함께 눈보라로 사람들이 거리를 다닐 수 없을 정도였다.

문을 열어보니 낯선 남자가 우리 집 앞에 쓰러져 있었다. 아마도 죽을힘을 다해 초인종을 누르고 쓰러진 것 같았다.

"이봐요. 정신 좀 차려봐요."

"…."

아무런 대답이 없었다. 우선은 급한 대로 병원으로 옮겨야 했다. 다행히 병세가 호전되어 며칠 후에 퇴원할 수 있었다. 내가 그에게 물었다.

"어떻게 된 겁니까?"

"저도 잘 모르겠습니다."

그가 무뚝뚝하게 대답했다.

"모르시다뇨? 병원에서 사흘 동안 깨어나지 않아 얼마나 걱정했는지 아십니까?"

나도 모르게 언성이 높아졌다. 생명이 왔다 갔다 하는 시점에서 가슴을 졸이며 걱정한 것을 생각하니 화를 내지 않을 수 없었다.

"전 그냥 지치고 배가 고팠을 뿐입니다."

순간 당황했다. 심신이 지쳐 있는 이에게 화를 내다니… 부끄러웠다. 게다가 이 사람이 누군가에게 물어물어 우리 집을 찾아왔을 것이란 생각을 하고 나니 화를 낸 것이 미안해졌다.

나는 더 이상 묻지 않았다. 쉼터 생활을 하며 며칠이 지났다. 얘기를 나눠도 될 것 같아 조심스레 질문을 던졌다.

"집이 없나요?"

"집을 잃었어요."

"네?"

"집에서 쫓겨났거든요."

"쫓겨나요?"

"부모님은 돌아가시고 형님과 함께 살았는데 형이 쫓아냈어요."

"무슨 잘못을 하셨나요?"

"형님과 함께 장사를 했습니다. 처음에는 고생이 많았지요. 하지만 어느 정도 지나니 장사가 잘되어 가게 평수도 넓혔지요. 3년째 되자 돈도 어느 정도 모였습니다."

"그런데요?"

"형에게 조금씩 욕심이 생겼어요. 모든 재산을 자신 이름으로 해놓더니 나중에는 제가 부담스러워졌나 봐요. 도저히 있을 수가 없어서 나오기는 했지만 일할 곳도 없고 이리저리 떠돌아다니다가 이곳까지 오게 됐습니다."

처음에는 믿기지가 않았다. 형의 전화번호를 알아내서 전화를 했다.

"동생이라고요? 나는 동생이 없는데요."

동생이 3일 동안 병원에서 생사의 고비에 있었다고 말하자 그제야 아는 척을 했다.

"그럼 지금은 괜찮은 건가요? 제가 하는 일이 복잡해서 가볼 수는 없습니다. 이제 다 큰 놈이니 지 앞가림은 알아서 해야죠. 저도 아무 도움 받지 않고 자수성가했습니다."

화가 났다. 그러나 우울해졌다. 돈 앞에서는 형제의 우애도 아무런 가치가 없는 세상에서 우리는 살고 있는 것이다.

너를 지켜 네 이웃이 되고 싶을 뿐

또 하나 슬픈 일. 쉼터 사람들과 함께 정착할 곳이 없어 기도원에 잠시 머물러 있을 때였다. 한 무리의 못 보던 아이들이 눈에 띄었다.

"애들아, 너희들 왜 여기 있어? 여기는 너희들이 있을 곳이 아니니까 빨리 집으로 가거라."

그런데 표정들이 좀 이상했다. 경계의 눈빛으로 바라보면서 나를 피하던 아이들이 잠시 후 나에게 와서 말했다.

"저기 저 아저씨들이 그러는데 아저씨가 좋은 사람이래요. 우리 좀 도와주실래요? 우리 다 배고픈데, 밥 좀 사주세요. 네?"

안쓰러운 마음에 아이들을 데리고 음식점에 갔더니 어린아이들인데도 어른 식사량보다 더 먹는 것이었다. 아마도 몇 끼를 굶은 듯했다. 밥을 다 먹고 나서 한 아이가 물었다.

"아저씨가 여기 서울역에서 잠자는 아저씨들을 데려다가 재워주고 먹여주고 그래요?"

초등학교 아이들처럼 보였지만 당찬 데가 있었다.

"응, 그럴 때도 있지."

"그럼 우리도 데려가면 안 돼요?"

알고 보니 고아원에서 탈출한 아이들이었다. 다시 고아원으로 돌아가라고 아무리 설득해도 막무가내였다.

"빵도 썩은 것만 주고요, 때리고 일만 시켜요. 우리가 다시 가면 두들겨 맞아 죽을지도 몰라요. 그러니 제발 우리를 보내지 마세요. 경찰서에 보내면 바로 고아원으로 갈 거예요. 아저씨, 며칠만이라도 있게 해주세요."

어쩔 수가 없이 함께 쉼터로 왔다. 그러나 어린아이들이 노숙자들과 함께 생활한다는 것은 어려운 일이었다. 노숙자들 중 성격이 거친 사람들은 어린아이들에게 말도 함부로 하고 심부름을 시키는 등 아이들을 힘들게 했다.

1주일쯤 지났을까?

"아저씨 감사합니다. 저희 갈게요."

"어디로 갈 거니? 다시 고아원으로 가는 게 더 낫지 않을까?"

"···."

아무도 대답하지 않았다. 나는 고작 돈 몇 푼을 쥐어주었다. 그날 밤 나는 너무 걱정이 돼 잠을 자지 못하고 뜬눈으로 밤을 새웠다. 그 아이들이 거리를 떠돌지 않을까, 혹시 어느 지하도에서 새우잠을 자는 건 아닐까? 마치 내가 아이들을 거리로 내몬 장본인인 듯싶어 지금도 마음이 답답하다.

작년 겨울에는 할머니도 한 분 계셨었다.

"여보세요, 여기 양평 경찰서인데요. 할머니가 길거리에서 주무시고 계셔서 경찰서에 모셔왔거든요. 달리 어디 보내드릴 만한 데가 없네요. 쉼터에서 며칠 모시고 계실 수 있나요?"

연세가 60세셨던 할머니는 사흘 동안 식사를 못 하시고 누워만 계셨다. 쉼터에 계시는 분들이 모두 할아버지들인 까닭에 우리 집에 모셔와 방 하나를 따로 드렸는데 보름 동안 계시면서 나이와 이름만 말할 뿐 아무 이야기도 하시지 않았다.

그렇게 계시다가 아무래도 불편하셨는지 가겠다고 하셨다. 조금만 더 같이 계시자고 말려도 소용이 없었다.

또 할아버지 한 분은 올해 2월에 돌아가셨다.

"할아버지, 자제분이 안 계시다고요?"

"그렇다니께. 내가 자식새끼 있으면 여기 들어왔것어? 없어. 자식은 없다니께."

가끔씩 그분은 내 차를 세차하곤 하셨다.

"할아버지, 왜 이러세요. 하지 마세요."

"차가 워낙 드러운디. 교수님, 이렇게 차를 더럽게 쓰면 안 되는 기라요. 그리구 내가 좋아서 하는 일이니 신경 쓰지 말어요! 이 정도 일도 안 하면 죽어야제."

"그러시면 이거 용돈이라도 쓰세요."

"무신 소리여. 나 정 교수 그렇게 안 봤는디 사람 못쓰것구먼. 사람의 성의여 성의…."

하도 미안해 몇 푼 안 되지만 용돈이라도 드릴라치면 벌컥 화를 내시며 방으로 들어가시곤 했다.

돌아가신 후 소지품에서 아들의 전화번호가 적힌 쪽지가 나왔다. 이혼하신 후 가족들과 연락을 끊고 살았지만 아들의 전화번호를 버리지 못하고 지니고 계셨다. 무슨 사정이었는지 가족에게 연락을 못하고 힘들게 노후를 보내다가 쓸쓸히 임종을 맞으신 것이다.

이런 일들을 생각하면 우울해진다. 혹자는 개인이 이런 쉼터를 하는 것보다는 나라에서 소외된 이들을 적극적으로 보호해야 한다고 말한다. 사회 구조가 그렇게 되어야지, 개인이 이런 일을 하는 것은

'한강에 돌 던지기'처럼 소용이 없다는 것이다.

다 옳은 말이다. 그러나 우리가 그런 문제로 논쟁을 벌이는 중에도 집 없이 아픈 몸으로 돌아다니는 이웃들은 너무 많다. 그저 마음 편하게 쉴 장소조차 마련해 주지 못하는 이 사회, 분명 건강한 사회가 아니다.

쉼터 일을 하면서 활동이 많아지다 보니 자연히 자주 아팠다. 감기에 걸려서 며칠 동안 계속 기침하는 경우도 있었고, 피곤해서 누워 있기만 한 적도 있었다.

하루는 더덕 몇 개를 들고 이춘식 할아버지가 오셨다. 당신도 불편한 몸으로 쉼터에 들어오셨지만 더 힘든 사람들을 도와주며 봉사하시던 할아버지였다.

"워찌 된 게 쉼터만 다녀가면 몸이 아픈겨? 지발 몸 좀 아끼라고유. 지 몸이 아프면서 누굴 돌본다고 그라유? 오지 말라는디 왜 자꾸 와서 병이 난디유? 건강한 사람한테 맡기고 인자 쉬어유. 그리고 이거 내가 산에서 캐온 건디유. 몸에 좋다니 꼭 교수님이 들구랴."

더덕을 캐고 우리 집까지 찾아와 나에게 선물로 전해주시던 할아버지는 돌아가시면서 이렇게 말씀하셨다.

"교수님, 살아 있는 것만으로도 행복한 거지유…."

너무도 쓸쓸히 돌아가시는 쉼터 가족들. 가시는 길이라도 편하게 모시고 싶지만 대부분 무연고자라 장례식 치르기도 쉽지 않다. 초라한 마지막 길에서 또 흐르는 눈물….

쉼터 가족들이 나를 울리는 것은 이렇듯 그분들의 처지 때문이기도 하지만, 나에게 베푸는 뜨거운 사랑으로 울 때도 많다.

얼마 전에도 함께 기거하는 몇 분이 내 건강을 걱정하여 우리 집을 찾아왔다.

"교수님 힘내세요. 저희 쉼터 가족들이 모두 교수님을 위해 기도하고 있습니다."

"예? 모두가 다 하신다구요?"

"예. 비록 교회에는 다니지 않는 가족들도 많지만 그 사람들도 교수님의 건강을 위해 기도하고 있습니다. 어떻게 기도해야 되냐고 묻기에 눈 감고 손 모으고 바라는 것을 말하라고 했어요. 다섯 달씩 교수님의 생명을 연장시켜 달라고 저희 가족 모두가 기도하고 있답니다. 총 550달, 그러니까 교수님이 앞으로도 40년은 넘게 사실 겁니다. 순번을 정해가며 기도하고 있으니 힘내세요."

'날 위해서 백열 분 모두가 기도하고 있다니….'

아무리 참으려 해도 어찌나 눈물이 나는지 그만 엉엉 울고 말았다. 나는 내가 가진 것의 일부를 나눌 뿐인데도 그들은 가진 것 전부를 나에게 베푸는 것이다.

베푸는 삶, 나누는 삶, 가진 자에게서가 아니라 아무것도 가진 것 없는 이들에게서 발견하게 되는 아름다운 이야기… 그래서 나는 요즘 울보가 되었다.

쉼터를 운영하면서 경제적인 어려움이나 자원봉사자의 부족함은 나를 힘들게 했다. 그러나 좌절하진 않았다. 문제가 있으면 해결책도 있는 법. 힘들면 더 용기가 난다. 돌파구를 찾아 이쪽저쪽으로 분주하게 다니다 보면 예기치 않은 곳에서 도움의 손길을 만난다.

정작 견딜 수 없는 것은 이웃들의 차가운 시선이었다. 다른 곳에서 만났더라면 다정했을 사람들이 특수한 처지에 있는 우리에게는 너무도 싸늘한 사람들로 느껴졌다. 쉼터 가족들은 마을 주민들에게 있어 같은 부류의 인간이 아니라 분리되어 있어야 하는 계층이었다.

자신들의 마을에 들어와 혹 조그마한 피해라도 주지 않을까 미리 걱정하고, 약간의 손해라도 볼라치면 크게 분노했다. 마을 주민들의 심정은 이해가 갔다. 순박한 시골분들이 오죽 걱정이 됐으면 저러실까? 단 한 분이라도 불편해하면 안 될 것 같아서 다과회, 음악회, 체육대회 등을 열며 이해를 구하고 우리의 형편을 알렸다. 주민들 중 일부는 우리의 노력을 인정해 주었다. 그러나 대다수는 여전히 냉담했다.

그러던 중 마음이 몹시 아픈 일이 생겼다. 어느 날 마을에서 멀리 떨어진 곳에 사시는 주민 한 분이 찾아와서 나를 책망했다.

"이봐요. 저렇게 일도 안 하고 빈둥거리는 노숙자에게 뭣 하러 밥을 줘요? 일을 시키세요. 일은 안 하고 쌀만 축내면 짐승이랑 다를 게 뭡니까?"

'짐승이라니….'

듣지 않았으면 좋을 말이었다. 그분의 마음을 가라앉히기 위해 나는 차분히 대답했다.

"선생님, 저분들이 선생님 눈에는 건강한 정상인으로 보이십니까?

그렇지 않습니다. 비록 두 손과 두 다리를 움직인다고 하지만 정신적으로 무력한 환자들입니다. 게다가 절반 이상이 신체적으로도 환자입니다. 물론 건강해진 후에 취업에 성공한 노숙자들도 많습니다. 저희도 이곳에 계신 분들을 자립시키기 위해 노력을 많이 했습니다. 유기농 자활 사업과 함께 가축 사육, 인근 농장의 협력 사업들을 했습니다. 하지만 잘 적응하는 분들도 있지만 정신적으로 무력감에 빠진 분들이라 지속적으로 일을 하는 것이 어렵습니다."

"그렇다고 그런 사람들을 먹여 살리기 위해 돈을 쓰는 것은 낭비 아닙니까? 왜 멀쩡한 돈을 그런 사람한테 씁니까? 괜히 이 마을 사람들까지 여기에 후원금을 내라 어째라 그럴 거 아뇨?"

"그럴 리가 있습니까? 처음 몇 년간은 제 사비로 운영되어 경제적으로 힘들었던 것이 사실입이다. 지금은 일부이긴 하지만 지원금이 나라에서 나옵니다. 여러분의 개인적인 도움이 없어도 운영이 됩니다."

"나랏돈은 돈이 아니란 말이오? 나는 이해를 못 하겠소. 여기 있는 노숙자나 그들을 돕고 있는 교수님이나 똑같아 보인단 말이오. 왜 쓸데없는 일을 하시오? 일을 못 시키겠으면 당장 쫓아내시오."

"선생님, 제 말씀을 좀 들어보시죠. 저는 어떤 경우라도 노숙자는 안 됐을 겁니다. 그건 제가 능력 있고 성실해서 그렇다는 말이 아닙니다. 언젠가 기업체 업무를 돕던 적이 있습니다. 사흘간 열심히 일을 해서 일이 끝났는데도 나흘간 일한 것처럼 꾸며서 연구비를 다 받았습니다. 전공 서적을 출판할 때도 책 인세를 과다하게 청구한 적이 있습니다. 그러나 여기 노숙자들은 그런 뻔뻔함이 없어서 자기 재산도 못 지키고 오히려 사기당하고 이혼당하고 또 아이들과 생이별한 착한 분들이 대부분입니다. 그러니 저는 이분들을 쫓아낼 자격이 없습니다. 60세 이상인 노인분들과 환자들 그리고 장애자들을 어디로 보내란 말입니까? 이분들은 우리가 보살펴 드려야 될 분들입니다. 선생님께서는 이런 분들에게 돌팔매질을 꼭 하셔야 속이 시원하시겠습니까?"

그는 내가 격앙된 목소리로 항변하자 자신의 충고를 받아들이지 못하는 내게 더 이상 말할 필요가 없다는 듯 고개를 설레설레 흔들었다. 그러고는 쉼터 입구에 '퉤!' 하고 침을 뱉고 가셨다.

하루는 쉼터에서 근무하던 직원이 답답한 마음을 편지로 써서 마을분들에게 보냈다.

마을 여러분들께 드립니다.

여러분에게 저희 시설에 대해 설명을 드리고 돌아와서 며칠 밤을 답답함에 잠 못 이루고 글을 씁니다. 세상은 점점 더 각박해지지만 아직 정은 남아 있다고 믿습니다. 굶주린 북한 주민을 위해 도움을 주고 있는 분들도 많습니다. 그런데 여러분 이웃에서 사는 쉼터 가족들은 왜 외면당해야 하나요? 여러분에게 있는 가정과 일터가 없다고 해서 죄가 될 수는 없습니다. 여러분처럼 떳떳하게 살아가게 하기 위해서 만든 시설이 왜 이 마을에 있으면 안 됩니까? 그들은 어디로 가야 하나요? 그들은 여러분처럼 대한민국 안에서 살아가면 안 되나요? 다른 지방에서 저희 같은 복지 시설을 혐오 시설로 취급하여 발붙이지 못하게 하는 것을 보고 혹 좋은 본보기로 생각해서 그대로 하고 있는 것은 아닌가요? 제발 따뜻한 눈길로 보아 주십시오.

홍 모라는 분이 "대체 우리 마을의 어떤 아주머니가 야채를 가져다주며 국이라도 끓여 먹으라고 했느냐?"며 추궁하는 질문에 슬펐습니다. 그 아주머니가 왜 비난의 대상이 되어야 합니까? 여러분의 자제분들에게 "너희들은 자신만을 위해 살아야 한다. 불우한 이웃을 쳐다보지도 마라."라고 한다면 그 누가 지당한 가르침이라고 고마워하겠습니까?

'노숙자'는 글자 그대로 집에서 잠을 자는 게 아니라 길에서 자는 사람입니다. 쉼터는 그런 분들을 한곳에 수용하여 삶의 희망을 심어 주는 일을 하고 있습니다. "왜 굳이 우리 마을에 그런 게 있어야 하느냐?" 그렇게 항의를 하셨지요. 그러면 어디로 가면 좋을까요? 여러분들이 이 마을이 살기 좋아서 터를 잡았듯이 저희도 이 좋은 마을에서 더불어 살면 안 되겠습니까?

어떤 분은 "서울시에서 지원받는 시설이 왜 지방에 있느냐? 서울에 있는 노숙자들을 여기로 다 데려오려는 계획이냐? 서울은 노숙자가 있으면 안 되고 여기는 노숙자가 있어도 된다는 거냐?"라며 거칠게 항의도 하셨습니다.

저희가 경제적으로 힘에 벅차 정부 지원을 받는 가운데 양평군의 재정으로는 지원하기 힘들다 하여 서울시의 지원을 받는 것뿐입니다. 서울의 노숙자도 우리의 이웃입니다. 그리고 여기에는 경기도 지역의 노숙자들도 계십니다. 이분들에게 더 이상 지역의 의미는 없습니다.

도와주십시오. 마음의 문을 조금만 열어주십시오. 제가 아무리 설명을 해도 여러분의 마음이 닫혀 있으면 아무 소용이 없을 겁니다. 누구의 말이 옳고 그르냐 하는 것으로 이 상황이 해결되는 것은 아니겠지요.

저희를 판단하지 말고 바라만 봐 주시면 안 되겠습니까? 물질적인 도움보다는 마을 여러분의 격려 한 마디가 훨씬 더 힘이 됩니다. 불우 이웃과 함께하는 참으로 밝은 마을이 되었으면 하는 바람입니다.

— 2000년 11월.

나는 주민들에게 편지를 부쳐도 좋겠느냐는 직원의 얘기에 목이 메었다. 그러나 이번에는 울지 않았다. 우리 쉼터 가족 전체가 울고 있었기 때문이다.

플라타너스에게 인사를

"하나님 저 좀 보아주세요. 너무 힘이 듭니다. 제가 이런 일을 하는 게 욕심이었나요?

혼자 힘으로 해결하기에는 문제가 많습니다. 쉼터가 있는 화전리 마을 주민들은 계속해 항의를 해옵니다. 왜 하필 화전리에 쉼터 같은 시설을 만들었느냐, 서울시의 지원을 받는 시설이라면 서울에 있어야지 왜 지방에 있느냐, 서울의 노숙자와 갈 곳 없는 노인들을 시골 마을에 데려다가 뭐 하자는 거냐는 등 이런 이야기를 들을 때마다 가슴이 무겁습니다.

요즈음 쉼터 가족들도 미울 때가 있습니다. 기술을 익히거나 자립할 노력은 하지 않고 빈둥거리며 놀기만 하는 가족들이 있습니다. 술을 몰래 먹는 경우도 있고요. 그러지 말라고 말리면 오히려 화를 내기도 합니다. 거동이 불편하신 노인분들은 더 잘 보살펴 드려야 하는

데 자원 봉사자 인원도 부족하고요. 제 몸도 아픕니다. 감기에도 자주 걸리고 피곤할 때도 많습니다. 제가 과연 이 일을 잘 감당할 수 있을까요? 이제 이 일을 그만두고 싶습니다. 이 모든 걸 극복할 자신이 없습니다. 그만둬도 되겠습니까?"

"….."

"하나님 대답 좀 해주세요."

"….."

교회 의자에 앉아 눈물을 흘리며 기도를 했다. 오늘은 꼭 응답을 듣고 가리라. 한 시간을 의자에 꼬박 앉아 기도를 했다. 그렇지만 오늘도 내 기도엔 아무 응답이 없었다. 고개를 들어 십자가상에 있는 예수님을 보았다.

순간 가슴에 찡하는 전류가 흐르는 걸 느꼈다.

그분이 보였다. 양팔을 벌리고 고개를 떨구고 고통스러워하시는 예수님, 그분의 손에 박힌 못 자국, 땀과 피로 얼룩진 얼굴이 내 마음에 들어왔다.

얼굴을 두 손에 묻고 울었다. 나는 왜 몰랐을까? 내가 왜 그랬을까?

'이거 해주세요. 저거는 말고 이걸로 꼭 해주세요! 난 그것도 맘에 들어요. 그것도 함께 주세요.'

이렇게 떼쓰고 억지 부리는 동안 예수님은 십자가에 매달려서 내 넋두리를 들어주고 계셨던 것이다. 그리고 당신께서 겪고 계신 죽음의 고통보다 내 삶의 불만을 걱정하고 계셨다. 가난해서 몇 끼를 굶을 수밖에 없던 엄마 앞에서 과자 사달라고 조르는 배부른 철부지 아

너를 지켜 네 이웃이 되고 싶을 뿐

이, 바로 내 모습이었다.

너무 많은 것을 소유하고 있어서 주님의 사랑을 담을 마음이 없었던 것이다. 내 철없음이 부끄러워 울고, 나를 향한 주님의 무조건적 사랑에 가슴 아파 또 울었다.

렘브란트가 그린 〈십자가에 못 박힘〉이란 성화가 순간 눈앞에 보이는 듯했다. 죽임을 당하는 그리스도의 모습을 그린 작품으로 그림 속의 군중들은 너무도 냉소적인 모습을 하고 있다. 그리스도를 못 박은 사람들 역시 전혀 거리낌이 없다. 그림의 한쪽 어둠 속에 희미한 모습이 있는데, 그것은 화가 자신이라고 한다. 자신의 죄로 인해 그리스도께서 십자가를 지셨음을 표현한 것이었다.

예전에 나 역시 렘브란트와 같은 입장인 줄 알았다. 그러나 그날 나는 나를 보았다. 냉소적인 군중, 잔인한 군인들 속에 내 모습이 있었다.

얼마나 울었을까?

"창덕아, 어디 있니?"

주님의 목소리였다. 가난해진 내 마음속으로 부드럽게 울리는 음성.

"너를 그렇게 불렀건만 왜 나를 외면하고 있었느냐?"

"주님, 저를 찾으셨어요?"

"그럼. 네 옆에 있어도 나를 보지 않고 너 자신만 보고 있더구나."

"아닙니다. 늘 주님을 찾았어요."

"너는 나보다 너의 일이 항상 먼저였다. 네가 하고 싶어 하는 공부를 하기 위해서라고 하지만 사실은 지위와 명예를 얻기 위함이 아니었느냐?"

"맞습니다. 제가 그랬습니다. 하나님, 그래서 저를 병들게 하셨군요."

"아니다. 너의 병은 너 스스로가 만든 거지. 나 역시 네가 병들었을 때 얼마나 가슴 졸였는지 모른다. 너는 나의 아들이다. 독사도 새끼에게는 좋은 것을 준다고 말하지 않았느냐. 네 스스로 만든 병으로 네가 일어나지 못할까 봐 병실에서 걱정했고 수술실에서 너와 함께 있었음을 몰랐단 말이냐?"

"저도 주님의 서늘한 손길이 제 뜨거운 이마를 짚어 주시는 것과 강한 팔뚝으로 지쳐 쓰러지는 저를 안아 주셨음을 체험했습니다. 그러나 제 옆에 항상 계셨음은 몰랐습니다."

"중학교와 고등학교 때는 나와 함께 있는 것을 기뻐하던 너였다. 참으로 어린아이 같은 마음으로 내게 와서 모든 이야기를 털어놓던 창덕이…. 너는 나에게 비밀이 없었고 네가 지닌 것을 다 나에게 보여주었다. 너의 마음까지도…. 수업이 끝나고 늦은 시간 나를 찾아와서 미주알고주알 재잘거리며 나를 기쁘게 했었다. 생각이 나느냐?"

"그때는 주님과의 만남이 뜨거웠어요. 그렇게 나 혼자 만나는 주님과의 시간의 소중했었는데…."

"그런데?"

"사회에 나와서 잠시 주님을 잊고 살았어요. 주일 예배를 처음 빠지던 날 '주님이 나를 기다리실 텐데….' 하며 조바심이 났지만 몇 번 빠지면서 '나를 이해해 주시겠지….'라고 편하게 생각했지요. 그 후로도 교회를 자주 빠지면서 '주님도 바쁘시니 나를 잊으셨을 거야.'라고 생각했습니다."

"지금껏 너에게 생명이 붙어 있는 이후로 한 번도 너를 잊은 적이 없다. 나는 너의 주가 아니냐?"

"물론 병에 걸려 투병 생활을 할 때 다시 주님을 찾긴 했으나 지금까지는 제 옆에서 저를 바라보고 계신 줄을 몰랐습니다. 이젠 주님께서 제 옆에 항상 계심을 고백합니다."

"알아주니 고맙다. 늘 너를 도와주고 싶었다. 하지만 너는 나에게 많은 기회를 주지 않더구나. 그게 늘 마음 아팠다. 오늘 네가 와서 큰 소리로 부르며 찾기에 여러 차례 '내가 여기 있다.'고 대답했으나 내 음성은 듣지 않고 너의 이야기만 하더구나."

"그러면 오늘 저의 부끄러운 기도를 들으셨나요?"

"그렇게 힘이 들더냐?"

"솔직히 그렇습니다."

"너 스스로가 너와 쉼터 가족을 힘들게 하고 있구나."

"그랬나 봅니다. 어떡해야 할까요?"

"사랑하거라. 참사랑을 하거라. 네 이웃을 사랑하고 가족을 사랑하고 그리고 네 자신도 사랑하거라. 그런 후에 기다리거라…."

미미하게 들려오는 음성. 가슴속이 갑자기 뜨거워짐을 느꼈다. 나는 그날 하나님과 약속했다.

'주여 저는 분명히 달라질 것입니다. 내 중심적으로 모든 것을 주님께 요구만 했던 잘못된 신앙 대신, 사랑을 하는 가운데 주님의 조용한 음성을 기다리겠습니다. 주님, 다시 한 번 미련을 버리겠습니다. 어릴 때 순수하게 교회 생활하던 마음으로 돌아가겠습니다. 이 길이 주님과 함께 걸어가는 삶이라는 것을 이제는 깨달았습니다. 앞으로 다시는 외롭지 않을 겁니다."

교회에서 집으로 돌아오는 길, 길 옆 낯익은 나무에게 인사를 보냈다.

나의 벗 플라타너스! 고향에서 보았던 나무, 병실 창문으로 보였던 나무, 어릴 적 내 마음에서 자라고 있었으나 사회의 때를 먹고 나선 더 이상 자라지 않고 나이테도 늘지 않던 나무….

슬며시 플라타너스 아래에 앉아보았다.

열네 살, 공장 생활을 했을 때 건네받은 소녀의 시집 속에 들어 있던 시 한 편. 김현승 시인의 「플라타너스」!

고향에 두고 온 플라타너스를 만난 듯 반가웠다. 밤을 새워 그 시를 다시 외웠다. 힘들고 눈물이 날 때면 나도 모르게 중얼거렸고, 그러다 보면 마치 고향의 나무를 꼭 안고 있는 듯 마음이 편안해졌다. 오랜 친구를 만난 듯 나는 조용히 그 시를 읊어보았다.

꿈을 아느냐 네게 물으면
플라타너스
너의 머리는 어느덧 파아란 하늘에 젖어 있다.
너는 사모할 줄을 모르나
플라타너스

너는 네게 있는 것으로 그늘을 늘인다.

먼 길에 오를 제

홀로 되어 외로울 제

플라타너스

너는 그 길을 나와 같이 걸었다.

이제, 너의 뿌리 깊이

나의 영혼을 불어넣고 가도 좋으련만

플라타너스

나는 너와 함께 신(神)이 아니다!

수고로운 우리의 길이 다하는 어느 날

플라타너스

너를 맞아줄 검은 흙이 먼 곳에 따로이 있느냐?

나는 오직 너를 지켜 네 이웃이 되고 싶을 뿐

그곳은 아름다운 별과 나의 사랑하는 창이 열린 길이다.

지난날이 한 장씩 넘어갔다.

기찻길 옆 작고 허름한 집. 아버지의 죽음, 형과 누나 그리고 동생의 투병 생활, 고생하시던 어머니, 어렵게 보낸 학창 시절, 첫 직장 한전, 일본 유학과 연세대 대학원 석사를 졸업하고 미국 유학을 다녀온 후 어릴 적 꿈을 이뤄 마침내 교수로 임용된 일, KAIST 박사 과정을 하면서 한국창조성학회 회장을 역임하며 여러 신문에 내 사진과 기사가 나기 시작한 일 등…. 그때부터 내 교만은 싹텄으리라. 기업체들의 프로젝트를 맡으며 동시에 기업체 강의를 하면서 돈과 명예의 유혹에 빠졌으리라.

그랬다.

나는 소중하기 그지없는 아내와 자식들을 소홀히 하고 어머니의 고귀한 사랑마저 잊은 채 마치 내가 조물주인 양 헛된 착각 속에서 살았다.

만약 백혈병에 걸리지 않았으면 어떻게 되었을까? 박사 논문이 외국 잡지에 실려 인정받는 것을 자랑스러워하고, 창조학회 회장으로 매스컴의 초점이 되는 것을 뿌듯해하고, 게다가 경제적인 풍요를 누리며 마침내는 대통령 내지 최소 경제장관이 되는 꿈을 이루고자 국회의원에 출마하려고 이리저리 뛰어다녔을지 모르겠다.

사람들은 나에게 질문하곤 한다.

"몇 년 전 건강하던 시절로 돌아가고 싶지 않습니까? 건강, 돈, 명예가 안타까우시죠?"

이제 큰 소리로 대답하겠다.

"절대로 돌아가지 않겠습니다. 슬퍼하는 사람에게 나는 위로를 해줄 수 있습니다. 절망하는 사람에게 나는 희망을 줄 수 있습니다. 그리고 남을 위해 나는 기도할 수 있게 되었습니다. 지금의 생활이 얼마나 고귀하며 아름다운지 당신은 상상할 수도 없을 겁니다. 당신도 행복해지시길 바랍니다."

조용히 눈을 감는다.

백혈병은 나에겐 또 다른 삶의 문이었다.

다른 사람의 헌혈로만 살 수 있는 병. 그래서 더불어 사는 삶의 아름다움을 알게 해준 병. 나쁜 피를 가진 나. 수시로 많은 사람들의 피가 필요해 수혈을 해야 하지만 정작 나 자신은 헌혈 한번 한 적 없고 또한 앞으로도 어느 누구에게 피를 나눠줄 수 없는 존재…. 피를 나눌 수 없다면 무엇으로 내가 받은 생명을 나눠줄 수 있을까?

'피보다 진한 삶, 참사랑을 실천하는 삶!'

그것은 하나님이 내게 주신 응답이었다.

내가 받은 생명만큼 소중한 사랑을 전해 주자. 내 이웃에게!

너를 지켜 네 이웃이 되고 싶을 뿐

Chapter 7
나눔과 희망

편리함을 넘은 편안함

우리나라가 세계 IT 강국이라 하지만 '유비쿼터스Ubiquitous'로만 볼 때는 꼭 그렇지도 않다. 미국과 일본 등 선진국들이 이미 앞서 있고, 중국도 높은 수준에 도달해 있기 때문이다. '유비쿼터스'란 라틴어 '유비크Ubique'에서 나온 신조어로 사용자가 장소와 시간, 네트워크나 컴퓨터의 종류에 구애받지 않고 자유롭게 인터넷에 접속할 수 있는 환경을 말한다. 즉 도처에서 어떤 기기로든 자유롭게 통신망에 접속하여 자신이 원하는 자료를 주고받을 수 있는 것이다.

나는 남들에 비해 조금 일찍 유비쿼터스에 대해 관심을 가졌다.

내가 유비쿼터스를 처음 접한 건 지난 1985년 일본 유학 중일 때였다. 이때 일본 유비쿼터스 최고의 권위자로 통하던 도쿄대 사카무라 겐 교수와 운명적인 만남을 갖게 되었고, 한국의 KAIST와 유사한 JAIST일본과학기술원 교수들과 교류를 하면서 유비쿼터스의 매력에 푹 빠지게 되었다. 1990년에는 다시 미국 제너럴일렉트릭GE에서 연구원 생활을 하면서 MIT 공과대학의 저명한 유비쿼터스 학자인 월터 밴더 교수와 만났다. 일본에 사카무라 교수가 있다면 미국엔 밴더 교수가 있는 셈. 세계적으로 저명한 유비쿼터스의 대가 두 사람을 만난 건 나로서는 행운이었다. 1995년 한국으로 돌아온 나는 이듬해 〈창조성 유비쿼터스 연구회〉를 결성하였고, 그 뒤를 이어 유비쿼터스 체험관을 설치해 '창조적 개발'을 주창하며 유비쿼터스의 중요성을 알려왔다. 이 덕분에 유비쿼터스 분야에서 '선구자' '전도사'라고 불리게 되면서 2003년에는 한국유비쿼터스학회장에 취임하였다.

유비쿼터스는 한마디로 말하면 기술이 사물 안에 들어가는 것이다. 예컨대 고속도로 톨게이트에 설치돼 있는 하이패스를 떠올리면 이해하기 쉽다. 컴퓨터기능이 바코드처럼 들어가 있어 컴퓨터끼리 통신이 가능한 것이다. 2040년이 되면 우리 주변에 400개 정도의 컴퓨터가 있게 될 것이고 이미 그 전초전이 일어나고 있다.

나는 무엇보다 유비쿼터스를 통해 편리함뿐 아니라 편안함을 제공하고 싶었다. 이런 모토하에 이후 서울 강남구청, 경기도 수원시, 경상북도, 전라남도, 부산시 등의 유비쿼터스 건설에 참여하게 되었다.

그중에서 특히 부산시 U-시티 건설이 기억에 남는다. 그때 나는 그동안의 노하우를 바탕으로 여러 가지 조언을 할 수 있었다.

"부산시가 유비쿼터스 도시화에 성공하기 위해선 개인정보 유출 등에 관한 법적, 제도적 정비가 먼저 이뤄져야 합니다. 표준화도 반

드시 선행되어야 합니다. 그렇지 못하면 모든 노력이 물거품으로 돌아갈 가능성이 높습니다. 먼저 소외계층 입장에서 유비쿼터스를 바라봐야 합니다. 오는 8월 일본 고베시가 유비쿼터스 도시로 출범하는데 가장 먼저 독거노인과 장애인들을 위한 복지시스템을 완성했다는 점을 명심해야 합니다. 경제활성화를 위해 고민하는 자세도 필요합니다. 이런 마인드 없이 기술개발에만 함몰되면 돈만 버리는 결과를 초래하게 되는 거죠."

서울벤처정보대학원 교수로 재직 중일 때는 서울대 행정대학원이 개최한 '정책&지식 포럼'에서 일찌감치 정부가 유비쿼터스의 경쟁력을 확보할 수 있도록 정보화 추진 의지를 높이고 기반 마련 및 활성화 방안을 제공하는 데 주도적인 역할을 해야 한다는 지적을 한 바 있다.

"유비쿼터스 시대의 체계적인 정보 교육이 필요하며 초고속 정보통신 사회환경에 적합한 형태로 연구시스템을 개선해야 한다. 이를 위해 정부의 적극적인 지원이 절실히 필요하다. 유비쿼터스 환경 조성을 위해 인프라부터 서비스까지 전 분야에 걸친 투자가 필요한데 이는 민간업체보다는 정부가 나서서 해결해야 한다. 현재 정보통신부, 과학기술부, 산업자원부 등 관련 부처의 업무 중 중복되는 부분에 관해 업무의 정확한 분배와 상호 연계가 선행돼야 한다. 효율성을 높일 수 있도록 정부가 종합계획을 도입하고 민간이 투자하고 참여할 수 있도록 기반과 환경을 정책적으로 조성해 나가야 한다."

이러한 문제는 지금까지도 현재진행 중이다.

고려대 교수 컴퓨터 정보학과로 재직 중일 때는 고려대가 국내 대학 중 최초로 단일 교내 전체를 'U캠퍼스'로 조성하는 프로젝트에 참여할 수 있었다. 또한 2010년에는 카자흐스탄 동(東)카자흐주 오스케멘에서 열린 제7차 카자흐스탄-러시아 역내협력 포럼에 초청돼 한국의 정보통신IT기술을 선보여 메드베데프 러시아 대통령의 관심을 받기도 했다.

이 포럼에서 나는 나자르바예프 카자흐 대통령과 메드베데프 러시아 대통령 앞에서 휴대폰을 이용한 모바일 러닝 시스템을 보여준 뒤 스마트폰으로 사용할 수 있는 내가 특허 출원한 QR코드 전자도장에 대해 설명했는데, 특히 메드베데프 대통령은 자신의 블로그가 전자도장을 통해 연결되자 깜짝 놀라며 관심을 표명했다. QR 코드 전자 도장은 도장에 QR 코드를 내장시킨 것으로 찍힌 도장 자리에 스마트폰을 갖다 대면 도장과 관련해 저장된 내용뿐 아니라 미니홈피나 블로그 등으로 연결되는 첨단 기술이다.

무엇보다 참석자들이 큰 관심을 보여서 독립국가연합CIS에 우리 유비쿼터스 기술을 수출할 가능성이 커졌다는 것이 가장 큰 보람이었다.

유비쿼터스와 더불어 '스마트 방송국'도 언제 어디서나 필요한 사람이 자신에게 필요한 정보를 볼 수 있게 해주는 것이다.

하루는 졸업을 목전에 둔 한 학생이 시름 가득한 얼굴로 나를 찾아왔다.

"교수님, 여러 군데 이력서를 넣어봤지만 좀처럼 취업이 되지 않습니다."

"그래… 자네뿐 아니라 요즘 정말 취업이 하늘에 별 따기니 정말 큰일일세. 이럴 때일수록 생각의 전환이 필요한데, 이참에 아예 취업 대신 창업을 해보는 것이 어떻겠나?"

나는 그 길로 문정동 반지하에 방을 하나 얻어서 그 학생을 후원해 주었다. 그렇게 해서 탄생된 것이 바로 '스마트 방송국'이다. 스마트 방송국은 손안의 방송국인 동시에 개인 방송국인 셈이다. 이제는 누구나 다 개인방송을 가질 수 있는 시대가 된 것이다.

그러나 아무리 기술이 발달한다 해도 우리가 결코 잊지 말아야 할 것이 있다. 인성이다.

특히 인터넷 문화가 발전하면서 연예인들뿐 아니라 이제는 일반인들까지 악성 댓글에 시달리는 세상이 됐다. 이 때문에 극단적인 방법으로 자살을 선택하는 사람들이 늘고 있으니 정말 심각한 사회문제가 아닐 수 없다.

나는 특히 탤런트 최진실 씨의 자살 사건을 보면서 교육자로서 책임감을 통감했다. 이를 계기로 인터넷 윤리 교육을 강화해야겠다고 마음먹고 고려대 컴퓨터정보학과 강의 시간에 이를 적용했다. '컴퓨터와 인터넷 윤리' 수업이 그것이다. 이 수업은 학생들이 악플의 가해 경험을 제출한 뒤 이것에 대해 토론하는 방식으로 진행했다. 처음에는 학생들이 자신들의 범죄에 대해 고백하길 꺼렸다. 이 때문에 악플의 피해 경험도 함께 제출받았다. 자신의 주변인들도 똑같이 악플의 피해자임을 깨닫게 되면서 학생들은 자신의 악플 가해 경험도 공개

하기 시작했다.

2년 전 한 학생은 수업시간에 자신이 쓴 악플에 대해 반성하며 참회의 눈물을 흘리기도 했다.

"수없이 반성하고 나를 자책했다."

그 학생은 얼마 전 여가수 A씨를 한 방송 프로그램에서 봤다. 과도한 노출과 짙은 화장에 거부감을 느낀 학생은 A씨의 싸이월드 미니홈피를 방문해 악플을 남겼다. 우발적 행동이었지만 대부분의 누리꾼들도 '비호감'이라며 A씨에 대해 악플을 남겼기 때문에 학생도 괜찮다고 생각했다. 그렇게 글을 남긴 뒤 시간이 흘렀다. 어느 날 학생은 우연히 TV 토크쇼에 출연한 A씨를 봤다. 그녀는 자신에 대한 악플로 자살을 결심한 적이 있다고 눈물로 고백했다. 이 장면을 지켜본 학생은 가슴이 철렁했다. 그 후 그 학생은 내 강의 시간을 통해 자신의 행동에 대해 참회하는 반성문을 제출했다. 또 한 학생은 친구의 싸이월드 미니홈피에 "오빠 나 임신했어, 왜 연락이 안 돼?"라는 글을 남겼다. 장난삼아 한 일이었지만 그 학생의 친구는 자신의 여자 친구와 크게 다퉜고 두 사람은 멀어졌다. 이 학생도 반성문을 통해 "아무리 친구 사이의 장난이었지만 다른 사람의 이름을 도용해 허위 사실을 남겨 친구를 괴롭힌 건 잘못된 행동이었다."고 반성했다.

이처럼 장난스런 악플 하나가 남에겐 비수가 될 수 있음을 꼭 기억해야 한다. 하루가 다르게 세상이 변해가도 결코 잊지 말아야 할 것, 그것은 사람과 사람 사이에 흐르는 따스한 정과 서로가 서로를 배려하는 마음이리라!

네 손을 내밀라

나는 대통령 당선 전 우연히 박근혜 당선인을 만날 기회가 있었다.

그때 "창조경제는 기존 전통 산업에 과학과 유비쿼터스 시대의 스마트 IT 기술이 접목돼, 상상력을 통해 신산업 일자리를 창조하는 것"이라고 강조한 바 있다.

당시 내가 개발한 간단한 QR 코드로 구성된 도장을 건네면서 "이 기술이 전통 농산물에 적용될 경우 새로운 형태의 신산업이 나올 수 있다. 이처럼 현재 이미 구현된 간단한 기술들을 올레길에 접목하면 첨단 올레길이 탄생하고, 많은 콘텐츠가 생산돼 관광객이 제주 올레길을 거닐며 스마트폰을 통해 과거 역사의 모습 등 많은 콘텐츠를 즐길 수 있다."고 설명했었다.

그 후 박근혜 후보가 대통령에 당선되면서 과학과 정보통신기술ICT을 통한 창조경제 육성을 기치로 내건 미래창조과학부미래부가 만들어졌다. 나는 미래부의 역할과 조직에 관해 한 포럼에서 다음과 같이 내 의견을 피력했다.

융합과 창조를 통해 창조적 경제의 완성이 되어야 하며, 이를 위해 미래부는 3단계로 가야 한다.

1단계는 이관되는 기존부처 이해관계를 조정할 강력한 리더십이 필요하다는 점이다.

과학계는 미래부 신설을 계기로 과거의 과학기술부 위상을 되찾는 것에서 한발 더 나아가 R&D는 물론 신성장 동력 창출을 위해 지식경제부와 교육과학기술부에서 더 많은 권한을 가져와야 한다는 주장을 하고 있다. 지식경제부는 중소기업 정책과 에너지에 총력을 기울여야 한다고 주장한다. 심지어 교육과학기술부가 가진 대학의 기초 연구와 산학 협력 업무도 가져와야 한다는 주장도 나온다.

한편, 현재의 대통령 직속 원자력안전위원회를 차관급으로 미래부 산하에 두는 것은 과학계는 물론 시민단체들도 반대하고 있다. 지금처럼 독립적인 규제위원회로 남겨야 한다는 의견을 내고 있다. 관련 업무를 빼앗길 위기에 놓인 정부 부처로서도 반갑지 않은 이야기가 여기저기서 나오고 있다. 특히 방송통신위원회의 방송·통신 정책을 미래부에 이관하는 것에 대한 정치권의 경계가 상당한 것으로 보인다.

또한 정보통신기술ICT 분야가 차관급으로 격하된 점, 원자력안전위원회가 독립부서가 아닌 점 등에 의아해하는 사람도 있다. 이처럼 다양한 이해 관계자들의 의견이 있지만, 미래를 이끌어갈 새로운 성장 동력이 중요하다는 대의에는 동의할 것이다. 이를 살려 조정하고 이끌어 나갈 강력한 리더십이 필요하다.

2단계는 기준을 마련하는 일이다.

예를 들면, 과학에서는 "기초 연구와 산업화를 분리하지 말고 함께 해야 한다."는 기준이라든지, ICT는 "인프라는 통합하되, 산업 서비스는 다양하게 해야 한다."는 기준 등이다. 그래야 정보통신의 경우만 하더라도 C -P -N -D 의 생태계를 통해, 정보통신의 융합을 통해, 미래의 성장 동력을 확보하는 국가적 전략이 나오게 해야 한다. 특히 3D·클라우드 컴퓨팅·모바일 카드 등의 사안에는 최소 3개 이상의 관련 부처가 연관돼 있어 기준이 없을 경우 혼란이 야기될 수 있다.

3단계로, 융합 기능의 우선순위를 정해야 한다.

미래부에서 과학을 단순히 자연과학으로 제한하면 곤란하다. 지금은 각 학문 분야 지식이 대융합하는 문명의 전환기다. 창조경제는 사업과 과제 이전에 사람에 집중해야 한다. 스마트 IT 환경에서 수많은 청년층 창업을 유도해야 하고, 기술 평가의 객관적이고 공정한 프로세스가 확립돼, 융합을 통해 전략적인 포트폴리오를 만들어 창조 기업, 청년 창업 정책에 적용, 신산업 일자리를 만들어 내야 한다. 따라서 기초 연구를 통해 신산업, 일자리 창출에 필요한 융합 영역에 대해 우선순위를 정해가야 한다.

2013년에는 경기도 양평군에서 미래창조융합협회 창립총회와 창조연구소 기공식을 가졌다. 그동안 회원 수 2,400명가량인 한국유비쿼터스협회 소속의 창조융합연구회로 활동해 오다 이날 350여 명의 회원이 참가하는 단독협회로 정식 출범한 것이다. 이는 미래창조과학부와 함께 정책·법·제도를 위한 글로벌창조경제포럼, 인재 양성을 위한 창조경제대학원대학 설립, 연구소를 통한 정보 공유 등을 통해 창조경제 실현에 힘을 모으기 위해서였다.

이후 '융합 모델' 수출을 목표로 같은 해 과천정부청사에서 7월 기업의 융합 사업 모델, 기술, 상품을 수출하고 해외 기업, 대학, 기관 등과 협력을 지원하는 미래창조융합협회 발대식을 열고 첫발을 내딛었다. 앞으로 협회 내에서 기업 간 글로벌 상설 네트워크 구축이 가시화되면 이들의 해외 진출과 협력이 보다 손쉬워질 전망이다. 협회는 미래창조과학부 직속 사단법인으로 이날 행사에는 이상목 미래부 제1차관을 비롯해 100여 명이 넘는 관계자가 참석했다.

나는 이때 "글로벌 경쟁이 심화되고 경기 불황이 겹치면서 기업 성장이 둔화돼 신성장 동력 창출이 필요한 시기이다. 개별 기업의 기술과 역량만으로는 글로벌 경쟁력을 갖춘 창조적인 신사업을 발굴하기 어렵다. 협회가 기업이 가진 사업 모델, 기술, 상품 등을 해외에 수출하고 협력을 진행하기 위한 주춧돌이 됐으면 좋겠다."고 밝혔다. 미래창조융합협회는 글로벌 상설 협력 네트워크도 상당 부분 구축됐다. 미국 UCLA, 인디애나주립대학, 일본 JIST, 인도IT공과대학, 필리핀 멜라코전기회사, 중국 태안 및 하얼빈대학, 카자흐스탄 등과 교류 네트워크를 만들었다. 현재 인도네시아, 남아프리카공화국, 말레이시아의 연구기관과 제휴를 추진 중이다.산하 조직으로 창조경제경영연구소를 운영하면서 창조경제 정책에 대한 제언은 물론이고 회원사를 대상으로 교육과 세미나 등도 진행해 나갔다. 나를 비롯한 자문단이 나서 개별 컨설팅 서비스도 지원할 방침이다. 추후 회원사 간 공동마케팅을 지원하거나 융합사업 모델을 개발할 계획이다. 우리 미래창조융합협회가 벤처 및 중소기업의 해외 진출을 도와 창조경제에 이바지했으면 하는 바람이 있다.

나는 백혈병으로 인해 죽음의 문턱까지 갔다 왔고, 그때 사무치게 깨달은 바 있어 어려운 여건 속에서도 노숙자들의 쉼터인 〈사랑의 울타리회〉를 운영해 왔다. 이와 동시에 없는 시간도 만들어 내어 일과 연구도 병행해 나갔다. '멀티 모듈 회귀네트워크에 관한 연구' '유비쿼터스 환경에서의 생체 인식을 이용한 산업 정보의 이용 및 보안' '유비쿼터스 도시환경에서 프라이버시 보호방안에 대한 소고' 등 다양한 학술 논문과 단행본을 발표했다.

고려대학교 교수로 재직 중일 때에는 국내 최초로 N스크린 기술을 도입하고, 열화상 분야 연구개발R&D로 핵심 원천기술을 개발하는 등 SW 산업 육성과 국가 경쟁력 강화에 기여하고자 노력했다. 봉사뿐만 아니라 내 일을 통해서도 사회에 기여하는 것이 내가 해야 할 일이라고 믿었다.

그 결과 발전사인 한국서부발전과 스마트 기기를 활용하는 현장

점검 시스템을 개발해 SW 융합 신시장을 창출한 것으로 평가받았고, 그동안의 국가 과학기술 선진화에 기여한 공로를 인정받아 2006년 산업자원부장관상, 2009년 국제전기전자기술자협회IEEE로부터 국제 논문상, 2013년 대통령 표창, 2014년 자랑스런 연세인상, 2015년 창조혁신대상 등을 받을 수 있었다.

지금 와서 되돌아보면 내 공부인생도 엄청 길다. 지금까지도 진행형이고 아마도 눈 감기 전까지는 계속될 것이다. 그런데 내가 이처럼 공부를 즐기게 된 이유가 아이러니하다. 나는 오히려 공부를 못해서 공부를 하게 됐기 때문이다.

초등학교 저학년 때까지만 해도 나는 중간도 못 갔다. 집안형편도 좋지 않은 데다 설상가상으로 아버님까지 돌아가셔서 집안일을 돕느라 사실 따로 공부할 시간도 없었다. 그런 내가 안쓰러웠는지 5학년 담임선생님이 나를 동네 교회 목사님한테 맡기셨고, 그때부터 공부에 대해 흥미를 느껴 열심히 공부한 결과 마치 기적과 같이 전교 1등을 할 수 있게 된 것이다.

내가 좋아하는 '네 손을 내밀라'는 성경구절이 있다.

"예수께서 다시 회당에 들어가시니 한쪽에 손 마른 사람이 거기 있는지라. 사람들이 예수를 고발하려 하여 안식일에 그 사람을 고치시는가 주시하고 있거늘 예수께서 손 마른 사람에게 이르시되 한가운데에 일어서라 하시고 그들에게 이르시되 안식일에 선을 행하는 것과 악을 행하는 것, 생명을 구하는 것과 죽이는 것, 어느 것이 옳으냐 하시니 그들이 잠잠하거늘 그들의 마음이 완악함을 탄식하사 노하심으로 그들을 둘러보시고 그 사람에게 이르시되 네 손을 내밀라 하시니 내밀매 그 손이 회복되었더라." 마 3:1-5

손 마른 자가 자신의 장애에 굴하지 않고 예수님 말씀만을 믿고 손을 내민 것처럼, 나 또한 초등학교 5학년 때부터 없는 시간을 쪼개어 공부와 기도를 계속해 왔다.

수업시간에 적은 메모쪽지를 항상 몸에 지니고 다니면서, 밥을 먹을 때도 화장실에 갈 때도 예배를 볼 때도 틈만 나면 들여다봤다. 집 안일도 도와야 하고 교회에서 봉사도 해야 해서 다른 아이들에 비해 시간이 부족한 탓에 어린 나이지만 나름대로 꾀를 냈던 것이다.

어릴 때의 작은 습관 하나와 고난 속에서도 희망과 믿음을 잃지 않으려는 노력이 지금의 나를 만든 것이나 다름없으리라.

희망이 이긴다

인재 양성의 보람

"미래의 사회는 지식사회가 될 것이다." 미래학자 피터 드러커의 말이다. 높은 수준의 지적 역량과 과거·현재·미래를 융합하여 연결할 수 있는 능력, 즉 과거로부터 배우고 현재에 실행하는 실천력으로 미래를 예측할 수 있는 능력이 절대적으로 필요함을 역설하고 있다.

미래 사회는 지식 기반 사회다. 자신이 가지고 있는 지식의 총합이 그 사람을 판단하고 평가하는 척도가 되기도 한다. 하지만 '구슬도 꿰어야 보배'다. 즉 미래는 아는 것이 힘이 아니라 알아내는 것이 힘이다. 자신이 가지고 있는 다양한 지식을 어떻게 활용하여 양질의 가치를 만들어 내느냐에 따라 상이한 결과물이 도출된다.

그렇다면 지식사회를 기반으로 하는 가치창출의 시대에 어떤 인재가 필요할까. 끊임없는 도전과 배움에 대한 열정, 창조적 아이디어를 갖춘 최고의 전문가만이 살아남을 수 있다. 이러한 시대적 트렌드에 맞추어 2014년 초 중국 하얼빈대학교와 미래창조과학부 산하 미래창조융합협회에서 '미래 창조적 인재양성 CEO 과정'을 개설해 화제가 되기도 했다. 이 과정의 총괄 지도교수를 맡았던 나는 '대한민국의 미래는 진로에 달려 있다. 미래 창조는 진로의 문제로, 결국 창조는 진로에서 결정된다.'라는 생각으로 이 과정을 통해 '진로 코칭, 창조 경영에 대한 전문가를 양성하여 타인의 역량을 최상으로 발휘할 수 있게 도움을 준다.'는 새로운 가치를 내걸었다.

이 과정은 자신만의 차별화된 콘텐츠를 바탕으로 문제와 현상들에 대한 새로운 패러다임과 해결책을 제시하는 최고의 인재, 최고의 전문가 및 미래 창조적 인재를 양성해 개인을 명품으로 만들어 주는 것을 목표로 했다. 또한 미래 커리어코치 전문가 및 CEO 커리어전문가, 21세기가 요구하는 미래 창조적 인재와 창조경영 인재, 강사들의 콘텐츠 개발, 급변하는 사회 변화에 대비한 미래 지향적 리더 강사 육성 및 네트워크 형성도 추구토록 했다.

나는 KAIST 대학원에서 경영정보 박사 학위를 받고 1994년부터 서일대를 거쳐 서울벤처정보대학원대학교 기획처장, 2006년부터 고려대에서 교수로 재직하다가 2014년 2월 '강릉영동대' 제14대 총장으로 옮겨가게 되었다.

좋은 인재를 양성하는 것이야말로 미래에 대한 가장 확실한 투자라는 내 신념을 또 한 번 증명할 수 있는 기회가 주어진 것이다.

총장으로 취임하자마자 제일 먼저 한 일은 학과 성과 평가제를 도입한 것이다. 학과 성과 평가제를 통해 우수한 학과에 대해 지원을 확대하겠다고 밝히고, 전문성 시대에 걸맞은 전문 인재 양성을 위해 각 학과별 전문성을 극대화하겠다는 교육 방침을 설정하여 슈퍼Super 인재 육성에 나선 것이다. 여기서 '슈퍼 인재'란 전문성과 창의성, 도전 정신, 도덕성, 주인 의식을 가진 인재로 이러한 슈퍼 인재를 통해 5년 내에 세계 최고 학과를 만들어 국내에서 최고가 되는 인재를 길러낸다는 방침이었다.

나는 우선 의료 관광 특성화 분야를 만드는 것에 전력을 다했다. 간호학교로 시작된 강릉영동대는 현재도 매년 200여 명의 간호사를 배출해 내고 있다. 여기에 물리치료과, 치위생과, 안경광학과, 미용예술과, 의료기기과, 의료서비스코디과 등 보건계열 학과는 매년 많은 지원자가 몰릴 정도로 큰 인기를 끌고 있다. 이와 함께 자연과학계열에는 세계적인 요리사인 에드워드 권이 졸업한 호텔조리과를 비롯해 올해 승마산업학과, 산림복지학과가 새롭게 신설돼 주목받고 있다. 또한 인문사회계열의 유아교육과, 관광경영과, 사회복지과, 호텔리조트과, 군사학과, 웨딩산업과 공업계열의 정보통신과, 비철금속과, 전기과 등은 지역의 기관, 산업체 등과 산학융합을 통해 차별화 전략을 구사하고 있다. 예체능계열의 스포츠지도과, 건설계열 토목건설 전공, 건축리모델링 전공, 경영계열 유통경영 전공, 경영정보 전공 등은 2018 동계 올림픽을 앞두고 재래시장 활성화, 청소년지원 등 다양한 봉사 프로그램을 통해 지역과 협력하고 있다.

나는 학과 성과 평가제를 통해 우수 학과로 선정된 곳은 더 많은 지원으로 스타 학과를 길러내는 등 대학의 명성이 아닌 학생 개개인의 실력으로 경쟁하는 학교를 만들겠다는 비전을 갖고 있었다.

그러나 취임하자마자 얼마 되지 않아 위기가 찾아왔다. 강릉영동대가 2015학년도 정부 재정지원 제한 대학에 지정됐기 때문이다. 이 때문에 걱정하는 분들이 많았는데, 이번 지정은 2015년 한 해 동안 대학이 정부에서 지원하는 사업에 참여할 수 없는 것뿐이지 대학 학자금 대출 및 국가장학금 지원 등 학생들에게 돌아가는 피해는 없었다.

오히려 이번 지정으로 대학 스스로 새롭게 시작하자는 위기의식을 갖고 지역과 협력해 우리 대학으로 인해 지역이 잘살고 학생들의 교육에 집중해 각 분야에서 활발한 활동을 펼칠 수 있는 전문 인재 육성에 학교운영의 중심을 두게 되어, 결과적으로 따지고 보면 실보다는 득이 많았다.

나는 제한 대학이라는 절체절명의 상황에서 특단의 카드를 꺼내 위기를 기회로 만들고자 했다.

먼저 취업률 등 각종 지표 관리를 위해 총장실에 지표 체크 패널을 붙여 각 학과 교수들을 면담하고 수치를 매주 체크했다. 솔선수범하여 내 급여부터 삭감하고 기부금 모금과 2015년 신입생 모집에도 발 벗고 나섰다. 기업체 대표도 수시로 만나 지표 관리 도움을 요청하기도 하였으며 서울 발전위원회를 만들어 지원을 받기도 했다. 또 자료 원서 제출 시 전국에서 유일하게 총장이 동행하는 행보를 보이며 정보파악 분석 및 인맥 관리에 힘썼다. 그동안 정부 자문을 맡아 하면서 쌓은 정·재계 인맥을 총동원하여 정보 파악은 물론 대학 홍보에

열과 성을 쏟았다. 그러나 너무 무리를 한 탓에 또다시 병원 신세를 지기도 했다.

이런 나의 정성을 알아준 것일까?

강릉영동대가 제한대학이라는 것에서 벗어나, 국내에서는 사례가 없을 정도로 급성장을 하며 전국 120위권 대학에서 40위권으로 일약 진입하는 기적을 이뤄낼 수 있었다. 무엇보다 우리 대학교가 이렇게까지 눈부신 발전을 할 수 있었던 데는 법인 지원 및 보직 교수의 노력과 교직원들의 헌신적인 노력이 있었기 때문이다.

총장으로 1년여를 보내면서 많은 것을 느낄 수 있었다.

처음으로 학교를 둘러볼 때는 오래된 대학 시설과 규모 면에 있어서 개선해야 할 점이 있다고 느꼈다. 하지만 역사가 있는 학교이기에 충분히 이해가 되었고 그러한 점은 앞으로 학교가 나름대로 신경을 쓰고 고려해 본다면 충분히 개선해 나갈 수 있다고 생각했다.

"작은 고추가 맵다."란 말이 있듯이 우리 대학을 작지만 내실 있고 알차며 강한 대학으로 키우기 위해서 내게는 계획한 것이 몇 가지 있었다.

재학생들이 가장 우선시하고 중요하다고 생각하는 것은 아무래도 취업이었다. 재학생들의 취업에 있어 지역뿐만 아니라 국가적으로도 학교가 큰 역할을 해야 한다. 이 문제는 지역과 협력하여 강릉영동대학 출신으로 인해 지역 공직에 취업되어 지역경제가 살아나고 국가경제에 이바지하는 선순환 생태 시스템을 만들어야 할 것이다.

무엇보다 강릉영동대학 모든 구성원들이 협력하는 것이 필요하다.

그 첫 번째로 나는 '취업을 최고로 하는 대학'이라는 것을 바탕으로 삼고 세부적으로 교육 경제, 실버산업, 보딩 캠퍼스를 나누어 계획했다. 교육 경제는 우리 대학이 중심이 되어야 한다는 생각으로 선도적으로 각 분야의 학생들의 취업은 물론이거니와 특히 학교 교육으로 지역과 나라도 잘사는 새로운 패러다임을 만들려고 노력했다. 강릉영동대학교 학생들이 실패를 두려워하지 않고, 학생들 각자의 전문 분야에서 젊음의 야성을 찾고, 창의적 혁신 사고로 지역과 협력하고, 국가에 이바지하고, 교수들은 스승을 뛰어넘어 아버지 어머니 심정으로 학생을 보살피고, 학생들은 봉사와 인격 훈련을 통해 모든 일에 최선을 다하는 강릉영동대학으로 거듭나길 바라고 있다.

두 번째로는 현재 우리 사회는 고령화 문제로 인하여 노인 문제, 은퇴 문제 등이 심각하다. 그렇기에 최초로 학교에 실버산업을 도입하는 것을 구상했다. 예컨대 실버관을 지어 여러 지역의 은퇴자들이나 노인분들을 수용하여 강릉영동대학에서 교육을 시켜주고, 그중 유능한 분들은 학생들에게 삶의 전문적인 노하우를 지도하도록 하는 방안을 계획 중이다.

또한 재학생들은 노인분들의 풍부한 경험을 배우고 은퇴자들을 노인 사회로 실버산업을 품음으로써 강릉영동대학을 하나의 큰 틀로 자리매김하게 하는 것이다. 강릉영동대학교 각 학과들의 전문적인 기능을 잘 살려서 이러한 분들을 재교육을 함으로써 이분들이 소일거리를 할 수 있게 하여 노인문제도 해결하고, 대학의 특성도 살려 교육과 연계가 잘된 미국의 인디아나대학과 같이 발전시키고 싶었다.

세 번째, 학교 발전에 있어서도 강릉 지역에만 편중된 것이 아닌 강원도에서 전국으로까지 범위를 확장해 알리고 싶었다. 공무원 시험의 경우 우리 학교와 협정을 맺어 우리 지역 출신들이 강원도 공무원에 취직할 수 있도록 프로그램을 준비 중이다.

네 번째, 장학 사업을 함으로써 학생들의 장학금과 발전 기금을 유치하는 데 큰 힘이 되기 위해 시범적으로 영동 웰빙 쿠키를 만들어 판매할 생각이다. 마지막으로는 기숙사와 강의실, 복수 전공을 어우른다는 개념인 보딩 캠퍼스를 계획 중이다. 한마디로 재학생들이 기숙사는 단순히 잠만 자는 곳이 아닌 기숙사 안에서 서로 정보를 교환하고 외국어 습득을 하며, 기숙사하고 강의실이 연동되는 것과 취업하는 데 있어 보다 쉽게 하도록 하기 위해 복수 전공을 하도록 허용하는 것을 말한다. 앞으로 신중하게 검토를 하여야겠지만 강릉영동대학교 학생들이 취업에 있어 많은 것에 도움이 되도록 늘 노력할 것이다.

나는 외부에 잘 알려지지 않은 우리 학교를 널리 홍보하기 위해 최선을 다했다.

우선 강원도에선 최초로 대학에서 '스마트 방송국'을 실시하고 있다. 강릉영동대학교 스마트 방송국을 통해 외부에 우리 대학을 콘텐츠나 내용에 있어 알차게 홍보하고 널리 알리기 위해 많은 노력 중이다. 또한 학생과 비 학생이 학위를 취득하는 데 도움을 주도록 '평생 직업 대학교'라는 것을 최초로 포문을 연 점을 특성화하여 홍보를 추진하고 있다. 그리고 강릉영동대학교 내 각 학과에서 탁월한 학생들이 배출된 것과 훌륭한 교수진들 소개를 앞서 함으로써 강릉영동대학교의 우수한 점을 알리려고 노력했다.

이와 더불어 학생들 스스로가 우리 대학에 대한 자부심과 만족도가 높아질 수 있도록 학생들의 편의를 위해 여러 가지 시도를 하고 있다.

최근에는 화상 시스템으로 유명한 강의나 취업에 관련된 강의 등을 수시로 영상화해서 학생들이 보고 들을 수 있는 편의시설을 만드는 것을 염두에 두고 있다. 또한 예전부터 내가 연구원들과 함께 연구해 온 '텐 조이Ten joy'라는 10개의 센서Sensor를 통해 작동하는 기구를 시험 준비 중이다. 이 기구는 학생들이 다중적으로 운동과 게임, 영어 공부를 동시에 누릴 수 있도록 도움을 준다. 이밖에 3D 안경 착용 없이도 직접 체험 가능한 영상 등을 제작하여 학생들의 문화생활의 흥미를 유발하고 있다.

나는 강릉영동대학교 총장으로 선임되기 전부터 대학교수로도 있어보고, 전문대학에도 근무해서 학생처장, 기획처장, 부총장 등 다양한 일을 경험해 왔는데, 막상 총장직을 1년여 해보니 총장이란 직책이 구성원들과 끊임없는 소통해야 하고 그들의 힘을 끌어내는 것이 여간 어려운 일이 아니라는 것을 실감할 수 있었다.

그러나 나뿐 아니라 강릉영동대학교 전 교직원들이 학생들을 사랑하고 학생들의 꿈을 키워주며 이루게 해주는 대학으로 거듭나기 위해 최선을 다할 것이다. 이를 위해 강릉영동대에서는 이미 2012년에 'Amazing 2018 비전'을 선포하고 학생들을 국가와 사회의 글로벌 핵심 인재로 육성하고 있다. 특히 '보건 분야 특성화 선도 대학' '취업률 75% 달성 대학' '서비스 교육 중점 대학'으로의 발전이 우리 대학의 목표이다. 이는 2012년 5월에 교육과학기술부의 「교육역량 강화우수 대학」에 선정되어 강원도 내 최고인 약 31억 원의 국고 지원금을 받는 결과로 나타나고 있다. 학생 취업을 위한 특별 교육 프로그램 및 산학 협력 프로그램과 인성 교육 프로그램을 미래지향적으로 실행하여 학생들을 글로벌 사회의 훌륭한 역군으로 양성하고 있는 것이다.

"넘어진 사람이 누워 있는 사람보다 더 빨리 일어난다."는 말이 있다. 어떤 것이든 여러 가지 경험을 해보고 도전을 자꾸 해봐야 한다. 학교 수업도 중요하지만 젊을 때는 남녀의 이성 관계나 모든 일에 있어 최선을 다하고 무엇에든 치열하게 살아야 한다.

대학생활에 있어 백지화된 종이를 받아 자기 나름대로 꿈에 대해, 미래에 대해 그림을 그려나간다고 생각하고, 우리 학생들이 기죽지 말고 단순한 목표가 아닌 확고한 구상력을 갖고 자신의 삶을 그려 나갔으면 하는 바람이다. 단순히 아는 사람이 아닌 생각하는 사람, 똑똑하고 착한 사람이 되어 앞으로 나아가고 행동으로 실천하였으면 한다. 전문대 학생이라고 낙심하지 말고 남하고 비교할 필요도 없다. 자기만의 재능을 펼칠 바다가 있다고 믿으면서 각 전공별로 최선을 다해 꿈의 나래를 펼쳤으면 좋겠다. 학력 인구의 감소, 산업 구조의 변화, 정부 정책 등 교육 환경에 의해 대학은 얼마든지 변할 수 있다.

그러나 절대로 변하지 말아야 할 것은 젊은이들의 교육에 대한 열정과 의지이다.

강릉영동대학교는 우리나라 최초로 산림청과 MOU_{Memorandum of Understanding} 체결을 하고 공동으로 산림복지학과를 신설하여, 대관령을 스위스보다 위대한 사람을 위한 산림자원으로 키울 것이며, 승마산업학과를 통해 천혜의 관광자원을 융합하여 미래의 산업을 개척해 나갈 것이다.

또한 강릉영동대학교는 국내 대학 최초로 유전자 산업을 개척할 의료 서비스 코디과도 이미 개설했다. 블루오션 산업으로 떠오르는 국제 의료 관광을 접목하여 내·외국인 환자와 그들의 가족들을 대상으로 의료 및 관광 서비스를 제공할 것이다.

이제부터가 시작이다. 강릉영동대는 내일이면 더 달라진 모습을 보여줄 것이다. 다시 한 번 법인과 보직 교수들, 자료 작성에 참여한 분들 그리고 교직원 모두에게 감사의 말을 전하고 싶다.

나눔은 배려고
희망은 설렘이다

하느님 안에서 생활하면서 본질을 놓쳐버릴 때가 많음을 느낀다. 본질을 놓치면 옆길로 빠지게 마련이다. 이와 관련된 앵무새 이야기가 있다.

어떤 사람이 앵무새를 사와 말을 시켰다.

"자, 따라해 봐. 밥은 먹었니?"

앵무새는 눈만 끔벅일 뿐 아무 말이 없었다. 앵무새 주인이 앵무새를 판 가게로 가서 따졌다.

"앵무새가 말을 안 해요. 어찌 된 일이죠?"

"환경이 바뀌어서 서먹해서 그럴 수 있으니 새장 안에 탁구공 같은 걸 넣어보세요."

가게 주인 말대로 탁구공도 넣어보고 별거 다 해봤는데도 앵무새가 끝까지 말을 안 했다.

여기서 문제는 무엇이었을까? 왜 앵무새는 말을 하지 않았던 걸까?

간단하다. 밥을 줘야 말을 하지! 배가 고파 죽겠는데 뭐가 신이 나서 말을 하겠는가! 즉 앵무새에게 밥을 주는 본질은 놓치고 말 시키는 것에만 관심을 가졌던 것이다.

우리가 사는 것도, 하느님 안에서 생활하는 것도 마찬가지다. 어떤 것이든 의욕은 좋으나 그 사이에 탐욕이 들어가면 안 된다. 자기도 모르는 사이에 부와 명예 등에 빠져, 앵무새에게 말 시키는 것 같이 땅 사고 돈 버는 일에만 정신이 팔리면 자연스럽게 기도하는 본질을 잊어버리게 마련이다. 그렇게 되면 자신뿐 아니라 주변까지 힘들어지게 된다.

하느님께서 인정하는 리더라는 건 이 '본질'을 회복한 사람이다. 그 중 여호수아가 어떻게 하느님이 인정하는 리더가 됐는지 살펴보자.

첫째, 진실된 마음이다. '진실'이란 것은 '사실 + 사랑'이다. 즉 사실로만 보면 한 대 때리고 싶은 사람도 사랑으로 감싸 안는 것이다. 우리가 하나님을 믿는 건, 하나님의 진실된 품 안에서 동행하는 것이다.

자식이 공부를 못해도 좀 못나도 틀림없는 내 자식이다. 사실로만 보지 말고 사랑으로 품으면 함께 나아갈 수 있다. 나 역시 어릴 때 주일학교 선생님들이 진실된 마음으로 나를 봐주었기 때문에 미운 오리새끼에서 백조가 될 수 있었다.

둘째, 최선을 다하는 것이다. 많은 사람들이 인생을 살면서 립 서비스로만 '도와줄게!' 해놓고 정말로 최선을 다해 돕지는 않는다. 나를 위한 삶이냐, 남을 위한 삶이냐, 하루하루가 늘 선택의 기로인데 최선을 다해서 살고 있지 않는 것이다.

나는 초등학교 5학년 때 교회에 맡겨져 그곳에서 먹고 살았다. 그 무렵 주일학교 선생님들이들이 가르쳐 준 "좁은 길로 가라"는 말씀이 아직도 귓전에 생생하다. 열악한 상황이었지만 성경 공부를 하면서 비로소 꿈이란 것을 갖기 시작했고 그때부터 공부도 열심히 할 수 있었다.

어떤 사람에게는 '좁은 길'이 봉사의 길일 수도 있고 또 어떤 사람에는 기도의 길, 교육의 길일 수도 있다. 자신이 정한 좁은 길이 있다면 그 길이 비록 포장도로가 아닌 자갈길이라 해도 최선을 다해 그 길로 가야 하리라.

셋째, 100퍼센트의 믿음이다.

고난이 닥칠 때 기초 체력이 있는 사람, 즉 고통을 겪어본 사람은 잘 견딜 수 있다. 그런 사람들은 고난 속에서도 '아, 나를 하나님이 고통이라는 태릉선수촌에 넣어 대표선수가 될 기회를 갖게 해주셨구나!'라고 생각하며 기도한다. 고난이 곧 축복의 통로임을 깨닫는 것이다.

우리가 하느님 안에서 기도할 수 있는 것도 축복이다. 맑은 물일 때는 고기가 잘 보이지만 흙탕물일 때는 고기가 안 보인다. 사노라면 맑은 물일 때보다는 흙탕물일 때가 훨씬 많다. 그런데 기도하다 보면 흙탕물에서도 고기가 보일 만큼 맑아진다.

인생에도 터널이 있다. 터널은 멈춰 서는 게 아니다. 터널이 지름

길이다. 100퍼센트의 믿음만 있으면 어려움이 축복의 통로로 이어지는 지름길이 될 수 있는 것이다.

나는 그동안 여러 가지 직함을 가지고 살아왔다. 한국유비쿼터스학회 회장, 교수, 미래창조융합협회 회장, 사랑의 울타리회 대표, 총장 등등. 이 중에서 내가 가장 좋아하고 아끼는 것은 나에게 '양수리 사랑 전도사'란 별칭을 갖게 해준 〈사랑의 울타리회〉다.

나는 백혈병 때문에 죽음의 고비를 넘긴 이후 삶의 방향성을 '봉사'로 잡았다. 병에 걸리기 전까지는 교만기가 들어서 '남을 살리는 삶'이 무엇인가에 대해 한 번도 진지하게 생각해 본 적이 없었다.

미국 유학 중 알게 된 폴 목사님이 이런 나를 간파하시고 "너는 오로지 네 앞길만 위해 달려가는 것 같다." 하시며 신학공부를 시켜주셨는데, 정작 그때는 관심이 없었다. 이후 한국에 돌아와서도 언뜻언뜻 폴 목사님의 말씀이 생각났다. 그리고 병에 걸리고 나서야 비로소 깨닫게 되었다.

'나는 소유의 삶을 살고 있었을 뿐 존재의 삶은 아니었구나!'

앉은뱅이는 일어나는 게 소원이다. 우리는 걸어 다닌다. 사실 하루하루의 일상 자체가 기적인 셈인데, 그 기적을 못 느끼고 감사함도 잊은 채 살아왔던 것이다.

내가 감명 깊게 읽었던 간디에 관한 이야기다.

하루는 간디가 기차를 타고 가는데 신발 한 짝이 벗겨졌다. 그런데 벗겨진 한 짝을 다시 신는 대신, 얼른 신고 있던 다른 한 짝을 벗어버리는 것이 아닌가?

그 모습을 지켜보던 한 사람이 의아해서 물었다.

"아니, 왜 신발을 신지 않고 벗어놓습니까?"

간디가 대답했다.

"누군가 신발을 주웠을 때 두 짝이 다 있어야 하지 않겠습니까?"

이 간디의 일화는 내 인생의 멘토가 되어주었다. 간디처럼 나누고 남을 배려하는 것을 내 삶의 목적으로 삼게 된 것이다. 내가 힘들수록 남을 위해 봉사하면 내 힘듦을 치유받을 수 있음을 나는 직접 몸으로 체험했다.

나눔이란 것은 거창한 것이 아니다. 감정노동을 하는 것도 나눔이 될 수 있다. 부인의 얘기를 남편이 귀 기울여 듣고 고개를 끄덕여 주는 것, 강의를 들으면서 "네!" 하고 추임새를 넣어주는 것, 이런 사소한 것들도 나눔이라 할 수 있는 것이다.

나는 요즘은 아내에게 가급적 많이 표현하려고 노력한다. 어떤 아내인가? 나를 죽음의 문턱에서 구해준 아내이다. 자기 전에 아내가 내 손을 잡고 "사랑해"라고 말하면서 손가락으로 세 번 누르면, 나도 두 번 눌러 화답해 준다. 반대로 내가 아내의 손을 잡고 세 번 누르면 아내도 두 번 눌러 화답한다.

또한 나눔은 있어서 나누고 없어서 못 나누는 것이 아니다.

한쪽 손만 있는 사람들이 박수를 치는 모습을 본 적이 있는가? 자신의 다른 손 대신 옆에 있는 사람과 마주 보며 박수를 친다. 그것처럼 감동적인 모습도 없다.

사소한 것에서 나눔은 시작되는 것이다. 오히려 없을 때의 나눔이 더 크고 많을 수도 있다.

희망은 미래를 스스로 선택하는 것이다.

희망 있는 사람이란 몇 마디로 표현하면 과거를 후회했던 사람이 과거를 감사하게 생각하고, 현재에 불평불만 있는 사람이 현재에 성실하고 치열하게 살아가고, 미래가 불안했던 사람이 미래가 오히려 설렘임으로 다가오는 사람이다.

즉 나눔은 배려고, 희망은 설렘이다. 우리 모두 각자의 자리에서 나누고 배려하면서 설렘으로 다가오는 하루하루를 살아가게 되기를 소망한다.

Chapter 8

저자 화보

01 일본유학 시 꿈과 스스로의 극기훈련을 위해 후지산 정복

02 아내와 제주도 신혼여행에서

05 투병 중 아들과 함께

06 백혈병환자모임에서 투병 위안 및 병 극복일화 발표

07 '사랑의 울타리회' 노숙자, 장애인분들과 함께 자활사업으로 쇼핑백을 만들며

희망이 이긴다

10 카자흐스탄 오스케멘의 동카자흐스탄 국립기술대학교에서 열린 제7차 카자흐스탄–
러시아 역내 협력 포럼에 참석(2010. 9. 7)

11 카자흐스탄, 알마츠대학 총장 및 러시아 전 대통령 메드베데프 앞에서 JCD정창덕연구소
의 한국의 유비쿼터스, 스마트, IT시연 설명

12 청와대 자문활동 시

 아들 졸업식 때 가족과 함께

정창덕(54) / 고려대 교수
"과학기술 발전에 대한 심도깊은
내용을 박근혜 대통령님과 함께"

14 박근혜 대통령님과 함께 과학 기술 발전에 대한 심도 깊은 대화를 나누고 있다

희망이 이긴다

15 자랑스런 연세인상 수상을 하며

16 2015년 2월 LG 유플러스 강원지사, 강릉영동대학교 발전기금 전달식.

17 창조적 교육경제 수상을 하며

18 총장 세미나에서 황우여 부총리 겸 교육부장관과 함께

21 이만수 야구 감독과 재능기부 협약

22 중국 통화시와 협약

24 JCD연구소(평창군 대화면 1447 서울대 평창캠퍼스)

희망이 이긴다

25

25 JCD 정창덕 연구소

희망이 있어 더 아름다운 세상, 행복한 에너지 충만하시길 기원드립니다!

권선복
도서출판 행복에너지 대표이사
대통령직속 지역발전위원회
문화복지 전문위원

　이 세상에서 가장 위대한 '가치'는 무엇일까요? 많은 이들이 행복이나 사랑을 가장 먼저 꼽을 것입니다. 또 누군가는 냉정하게 돈이나 권력을 앞세울지 모릅니다. 요즘 들어 곰곰이 드는 생각은 그 위대한 가치가 바로 '희망'이라는 것입니다. 사랑이든 행복이든 아니면 돈이든 권력이든 우리는 하나의 목표를 두고 삶을 살아갑니다. 그 목표의 다른 말이 희망입니다. 온갖 역경과 절망을 넘어서서 앞으로 전진하게 만드는 '희망'이 있기에, 우리는 오늘을 열심히 살아가고 더 나은 내일을 꿈꿀 수 있습니다.

　현재 강릉영동대학교 총장으로 계신 정창덕 저자의 책『희망이 이긴다』는 희망이 어떻게 스스로의 삶을 행복하게 만들고, 나아가 주변 사람들은 물론 이 세상을 얼마나 긍정적으로 변화시키는지에 대해 생생히 담아내고 있습니다. 한창의 나이인 30대에 죽음의 고비를 넘기며 얻은 깨달음과 당시의 경험을 토대로 한, 타인의 삶까지 행복으로 가득 채우는 나눔과 희망의 노래는 읽는 이의 가슴에 온기를 전해 줍니다. 하나님의 보살핌 아래, 조금은 고난스럽더라도 스스로 누군가의 희망이 되기를 자처한 저자의 따뜻한 마음씨는 삶의 진정한 의미가 무엇인지 깨닫게 함은 물론 많은 이들에게 귀감이 되어줄 것입니다. 좋은 원고를 통해 희망의 씨앗을 온 세상에 전파하시는 정창덕 총장님께 큰 응원의 박수를 보내드립니다.

꿈과 행복을 찾아 떠나는 여정, 쉬운 길은 하나도 없습니다. 다만 곁에서 함께해 줄 누군가만 있다면 그것만으로도 우리 인생은 충분히 아름답고 가치가 있습니다. 그 동반자들이 서로를 믿고 따르고 늘 어떤 고난 속에서도 같이한다면 미래는 더없이 밝게 빛날 것입니다. 이 책을 읽는 모든 분들의 삶에 행복과 긍정의 에너지가 팡팡팡 샘솟으시기를 기원드립니다.

압둘라와의 일주일
서상우 지음 | 값 13,500원

『압둘라와의 일주일』은 누구나 한번쯤은 고민해봤을 본질적인 인생의 문제들을 풀어
나가고 있는 책이다. 특히 '압둘라'라는 인물을 통해 어려운 고민들에 명쾌하게 답하
는 형식을 취하고 있는 점이 흥미롭다. 아무리 상처받고 버림받는 아픔을 경험했을
지라도 이 세상에 소중하지 않은 사람은 없다. 그렇기에 이 책의 주인공은 당신이라
고 저자는 이야기한다.

제4차 일자리 혁명
박병윤 지음 | 값 15,000원

JBS일자리방송의 박병윤 회장이 전하는, '일자리 혁명을 통해 선진국으로 도약할 대
한민국의 청사진'을 담은 책이다. 현재 대한민국의 일자리 문제가 현 정부에서 추진
하는 창조경제 정책이 올바로 시행되지 않고 있음에서 그 원인을 찾고 '방통융합 활
용 일자리창출 콘텐츠'의 실행을 통해 일자리 혁명을 일으켜 해결책을 찾을 것을 제
안하고 있다.

금융회사의 내부통제
김양권 지음 | 값 25,000원

선진은행들은 우리나라보다 더한 성과주의 문화 속에 살고 있지만 그들의 금융사고
는 우리보다 훨씬 적다고 한다. 이 책은 그 이유는 무엇인지를 세심히 살펴보고, 오랫
동안 선진국의 금융관행을 보고 배웠음에도 우리 금융회사들이 놓치고 있는 것에 대
해 제시한다.

나의 살던 고향은
강순교 지음 | 값 15,000원

연어처럼 삶을 다하기 전에 거세고 잔인한 현실의 물살을 거슬러 고향과 고국을 찾
아온 저자의 인생사는 그 자체만으로도 충분히 감동적이다. 그래서 이 책은 한 개인
의 위대한 역사일 뿐 아니라 궁극적으로 통일이 되어야 할 이유를 독자들의 가슴에
깊이 새겨주고 있다.

귀뚜라미 박사 239
이삼구 지음 | 값 17,000원

저자는 '귀뚜라미'가 지금의 대한민국 실정에 가장 적합한 미래인류식량이라고 강력히 주장한다. 단백질, 비타민, 무기질, 불포화지방산 등 영양소가 풍부하게 함유되어 있기 때문이다. 이렇게 영양학적으로 완벽하고 환경친화적인 귀뚜라미는 향후 발생할 식량위기에 대처하는 데 최적의 상품임을 이 책은 말하고 있다.

신입사원은 무엇으로 성장하는가
홍석환 지음 | 값 15,000원

저자는 30년 동안 인사 분야 전문가로 삼성, GS칼텍스, KT&G와 같은 대기업에서 근무해 왔다. 다양한 인사 경험과 이론을 쌓고 자신만의 컨설팅을 바탕으로 사회 내에서 자신의 자리를 공고히 하는 데 힘써온 사람이다. 그의 이러한 노하우가 담겨있는 인사교육 현장의 목소리에 우리는 귀 기울여야 할 것이다.

대한민국을 읽다
김영모 지음 | 값 17,000원

『대한민국을 읽다』는 1934년부터 1991년까지의 대한민국, 그 생생한 역사의 주요 현장을 도서와 문서 자료를 통해 들여다본 책이다. 25년 가까이 국회도서관에서 근무를 했고 출판사의 대표직을 맡으며 평생 책과 함께해 온, 지금도 산더미처럼 쌓인 책의 틈바구니에 간신히 몸을 밀어 넣어 책과 씨름하고 있는 한 독서인의 뜨거운 열정을 고스란히 담고 있다.

도담도담
티파니(박수현) 지음 | 값 15,000원

『도담도담』은 종로 YBM어학원에서 16년째 강의를 하고 있는 인기강사 '티파니' 박수현이 2030 청년들에게 들려주는 행복의 메시지다. 때로는 두 손을 꽉 붙잡고 어깨를 도닥여주는 위로를, 때로는 정신이 번쩍 들게 하는 일침을, 때로는 경험에서 진득하게 우러나온 조언을 친근한 언니 혹은 누나의 목소리로 전하고 있다.

하루 5분 나를 바꾸는 긍정훈련
행복에너지

'긍정훈련' 당신의 삶을 행복으로 인도할
최고의, 최후의 '멘토'

'행복에너지 권선복 대표이사'가 전하는
행복과 긍정의 에너지, 그 삶의 이야기!

권선복

도서출판 행복에너지 대표
대통령직속 지역발전위원회
문화복지 전문위원
새마을문고 서울시 강서구 회장
한국정책학회 운영이사
영상고등학교 운영위원장
아주대학교 공공정책대학원 졸업
충남 논산 출생

국민 한 사람, 한 사람이 모여 큰 뜻을 이루고 그 뜻에 걸맞은 지혜로운 대한민국이 되기 위한 긍정의 위력을 이 책에서 보았습니다. 이 책의 출간이 부디 사회 곳곳 '긍정하는 사람들'을 이끌고 나아가 국민 전체의 앞날에 길잡이가 되어주길 기원합니다.

** **이원종** 대통령직속 지역발전위원회 위원장

'하루 5분 나를 바꾸는 긍정훈련'이라는 부제에서 알 수 있듯 이 책은 귀감이 되는 사례를 전파하여 개인에게만 머무르지 않는, 사회 전체의 시각에 입각한 '새로운 생활에의 초대'입니다. 독자 여러분께서는 긍정으로 무장되어 가는 자신을 발견할 수 있을 것입니다.

** **최 광** 국민연금공단 이사장

권선복 지음 | 15,00